Kadokawa
Fantastic Novels
義妹生活
3
三河ごーすと
插畫 Hiten
U0025717

和義妹一起上學

「這麼說來
前輩這個夏天有去哪裡玩嗎？」

「嗯？我？
那還用說，
當然是穿上性感泳裝
去海邊當個被人家搭訕的
女大學生嘍。」

泳池畔的義妹

diary

最近有點害怕寫日記。

回頭整理當天發生過什麼時，淺村同學占據腦袋的比例增加太多了。

不但和初次見面的異性同居，還努力試著了解對方，感覺帶來了反效果。

他的口味和我完全不一樣，生活習慣與價值觀又不同，

哪裡埋著地雷也不知道。

為了避免失禮，為了不要破壞媽媽好不容易得來的幸福……

努力去了解新家人，成了一切的開端。

當我發現時，已經整天都想著他。

每天都能看見他溫柔的一面。

甚至開始期待，下次他會展現怎樣的面貌。

……別做這種事，明明一開始就約定好了。

現在還沒問題。因為我很擅長隱瞞自己的感情。

上中學以後，不管多寂寞，我都不會對媽媽說「拜託妳不要去工作」，

也不會撲進她懷裡哭。

既然問題只在於我個人的心意，應該能夠平安無事地度過每一天才對。

可是，假如有那麼個萬一，淺村同學也對我抱有和我一樣的[illegible]。

我還藏得住自己的[illegible]呢？

……可能做不到。我無法指望自己的心靈有那麼堅強。

必須找個地方劃清界線才行。

沒錯，淺村同學對我來說，是人生中第一個[illegible]

義妹生活 3

三河ごーすと

插畫 Hiten

Kadokawa Fantastic Novels

綾瀨沙季
Ayase Saki
高中二年級。因為母親再婚而成了悠太的義妹。外表搶眼，讓人以為是壞學生，在班上也顯得孤立。
「如果全人類做事都很理智，像我和淺村同學這樣，那就輕鬆多了呢。」
「賣點人情說不定之後會有回報嘛。這是雙贏喔。」
「喔～！傳說中的哥哥！原來真的是隔壁班的淺村同學啊～！」
Narasaka Maya
奈良坂真綾
沙季的同班同學。總是精力充沛，喜歡照顧別人，看不下去沙季孤立的樣子，因此纏上沙季成了她的朋友。
淺村悠太
Asamura Yuta
高中二年級。因為父親再婚而成了沙季的義兄。雖然是普通的高中生，卻總是和他人保持距離。喜歡書本到了鉛字中毒的程度。

丸友和
悠太的同班同學。對於悠太而言幾乎可說是校內唯一的朋友。既是棒球社社員也是御宅族。
Maru Tomokazu
「多了個妹妹對吧？你這可惡的哥哥。」
「爸爸我呢，決定要結婚了。」
Asamura Taichi
淺村太一
悠太的親生父親兼沙季的義父。和前妻間發生許多事而離婚，後來和綾瀨亞季子再婚。與悠太、沙季的關係良好。
「呵呵，我已經聽太一說了，你真的很可靠呢。」
Ayase Akiko
綾瀨亞季子
沙季的親生母親兼悠太的義母。和前夫離婚後致力於工作，再婚之前一直是她獨力養育沙季。
「一直以來承蒙關照啦。後輩你真的很可靠呢～」
Yomiuri Shiori
讀賣栞
大學生。和悠太在同一間書店工作的兼職前輩。以好事前輩的立場，支持悠太「和妹妹的關係」。

Days with my Step Sister

Contents

我和她的關係很單純。只不過，我們的「心」讓關係變得複雜。

序幕

開始放暑假後，過了一個月。

換句話說，我——淺村悠太，度過有了綾瀨沙季這個義妹之後的第一個長假。

綾瀨同學和我一樣就讀水星高中二年級，十七歲。她在校內是個能夠引起話題的出眾美少女，而且雖說是妹妹，生日也只和我相差一週。

一般來說在這種情況下，是不是都會期待擦出什麼火花呢？

由於父母再婚而成為兄妹的我們，正值青春期。身處同一個屋簷下，每天都會見到面。

至於我們的第一個暑假……

我敢說，若是故事裡常見的無血緣兄妹，八成要碰上種種慣例會有的事件。

泳池、海邊、廟會。

像是一起出遊、感情升溫，發生一兩樁令人心跳加速的意外。當然該有。不能沒有。因為在故事的世界裡，讀者也期待如此。

然而現實終究是現實，不是虛構作品。在我和綾瀨同學之間，完全沒發生這類會讓人心焦的事件。

至少一直到了九月將至的八月末都沒有。我和綾瀨同學的關係沒有什麼特別的進展，平平淡淡地過了一天又一天。

只不過，兩人共度的時間，和學期中相比毫無疑問地增加了。

因為——

「辛苦了，淺村**先生**。」

「辛苦了，綾瀨小姐。」

見面之後，我們就像剛認識不久一樣，這麼稱呼彼此。

這一個月，我和她在同一個時間、同一個地點打工。

8月22日（星期六）

暑假已經過半的週六早晨。窗外蟬鳴簡直吵死人。

用筷子戳著早餐煎蛋捲的我，突然想到一件事。暑假的週末就等於假日重疊，不知怎地感覺有點虧。

這四十天內的星期六日，能不能重新分配到暑假結束之後再放啊？

我不覺得這種要求有多亂來。既然假日和週日重疊就會移到週一補放，那麼和暑假重疊的六日——如果這樣算貪心，至少應該可以把週日挪到暑假結束之後再放才對。沒錯吧？

我試著將這個從小學時就有的想法，在餐桌上說出來。

「已經放了一個月的假還想繼續放，你是有什麼想做的事嗎？」

聽到老爸傻眼地這麼說，我停下筷子想了一會兒。

「——不，倒也沒什麼特別想做的。」

「那還講這個幹什麼？」

「我總覺得這樣很虧呀。」

「年輕人啊……」

「這個話題好像和年輕沒什麼關係。」

「到了我這個年紀啊，就算人家突然把假放到我面前，我也想不出什麼特別想做的事嘍。」

「慢著，當著亞季子小姐的面……你就不能講些像是『陪陪家人』之類比較貼心的話嗎？」

「呵呵，悠太真體貼呢，和太一就是不一樣。」

說這句話的人，正是坐在老爸對面以優雅動作夾起煎蛋捲的亞季子小姐。

兩個月前和老爸再婚的亞季子小姐，說穿了就是我的繼母。

亞季子小姐的工作，是酒吧的酒保，因此她通常傍晚上班，深夜才回家。另一方面，老爸則是普通的上班族，所以早上要早起，回家不會太晚。

這對夫妻明明是新婚，非假日卻常常擦身而過。

所以像這樣看見老爸和亞季子小姐面對面吃早餐，讓我格外有種「啊，今天是假

8月22日（星期六）

日」的感覺。

「不過啊，悠太，同一件事也能從不同的角度思考喔？」

「不同的角度嗎？」

「好比說，雖然今天是不上班的週六，不過對於正在放暑假的你來說，是和平常沒兩樣的日子吧？」

對於亞季子小姐這個問題，我老實地點頭。

在暑假這種長假期間，確實容易忘記今天星期幾。如果是七月末還難講，但是這種生活已經持續了一個月，所以沒什麼好辯解的。

「然而，其實今天不是平日而是週六。悠太還是一樣有打工對吧？」

「嗯。接下來要上全天班，所以中午之前就要出門。」

「辛苦了。然後呢，這表示你今天也和昨天一樣要上班對不對？」

「對。」

「不過，因為今天其實是週六，所以上班有假日津貼，薪水變多了！真棒！」

亞季子小姐高聲宣告。

「咦……咦？」

「雖然感覺是普通的一天，卻能領到比平常更多的薪水喔。這不是很賺嗎？」

「啊，是。原來……如此？」

「如果暑假的週六週日不是週六週日，就沒有假日津貼嘍。這麼一想，就會覺得暑假還是像現在這樣放最好吧？」

這麼一說，確實有種賺到的感覺。

明明理論微妙地有些矛盾，但是聽到為人誠懇的亞季子小姐講得那麼自然，就會讓大腦想要相信。

「唉。淺村同學，你上當了。」

先前只有動筷子沒開口的綾瀨同學，似乎是看不下去而插了嘴。

「果然嗎？」

「嗯。按照這種理論，也可以想成淺村同學前幾天都是領平日的薪水卻在假日上班吧？」

「啊……對喔。」

綾瀨同學是這個意思——暑假的平日不是「平常的日子」，真要說起來應該是「假日」。如果從這個角度看，別說什麼賺到，根本是七天裡虧了五天。

之所以輕而易舉就說服我，則是因為亞季子小姐開頭就說「暑假的週六是和平常沒兩樣的日子吧」，讓我自己對「平常的日子」下了定義。引導思考真恐怖。

「小心點。媽媽她啊，是那種有本事當詐騙犯的人。」

「唉呀，沙季真過分。怎麼這樣講媽媽呢？」

「就因為是女兒才會知道妳的真面目吧？如果妳有那個意思，把人騙得團團轉不過是舉手之勞。」

「我想起來了。不管我有多麼沮喪，亞季子總是有辦法讓我振作起來呢。」

老爸接過話頭，感慨地說道。不過老爸，你在前面一連串對話的後面講這些，不就意味著你被人家糊弄了嗎？這種事可以講得這麼開心嗎？

不過，眼前這位女性確實是長年在澀谷鬧區當酒保的接待專家，應該能把我和老爸這種小角色耍著玩吧。

言歸正傳。

「雖然一想到假日要工作就很難受，不過看做『只是和平常一樣打工卻不知為何薪水多了一點』，似乎對心理衛生比較好。我決定當成是這樣。」

我這麼回答之後，亞季子小姐微微一笑，伸出纖手說道：

「悠太，要不要再來一碗味噌湯？」

「好的，麻煩了。」

「啊，我來盛吧。正好我也想要再一碗。」

綾瀨在亞季子小姐之前站起身來，先一步截走我的碗。

「謝謝。」

「不客氣。」

「沙季，我的可以順便拜託妳嗎？」

「啊，好。」

手裡還拿著湯杓的綾瀨同學，轉身接過老爸的空碗。她順手將碗擺到托盤上，按下電磁爐開關，用湯杓攪了一下味噌湯。她在湯沸騰之前關掉電磁爐，輕輕地又攪拌了一下後，把湯盛到各自的碗裡。

「謝謝妳，沙季。」

「這點小事不算什麼。來，淺村同學。」

「謝謝妳，綾瀨同學。」

最後綾瀨同學把碗放到自己面前，坐下繼續吃飯。

8月22日（星期六）

「沙季的味噌湯還是一樣好喝呢。」

老爸瞇起眼睛，開心地說道。

假日的早餐由亞季子小姐和綾瀨同學合作，不過今天的味噌湯依舊是綾瀨同學負責。今天是長蔥和油豆腐這種經典中的經典。油豆腐吸了湯汁而變得無比柔軟，可以好好享受它和蔥的口感差異。

「嗯。綾瀨同學的味噌湯真的很好喝。」

「……謝謝你，淺村同學。」

綾瀨同學似乎有點猶豫，頓了一下才開口。亞季子小姐看在眼裡，微微一笑。

「呵呵，感情很好呢。」

「是啊。」

老爸與亞季子小姐相視而笑。看見兩人對望長達數秒，讓我鬆了口氣。小時候的餐桌回憶，不是互罵的聲音就是平靜卻冰冷的對話，除此之外只有冷掉的飯菜。

無論如何，眼前是一對會讓人覺得肉麻的恩愛夫妻。儘管被他們調侃感覺不怎麼舒服，不過還可以忍受。綾瀨同學雖然也不太爽，但終究沒有離席，說不定和我有同感。

「不過，悠太和沙季到現在還是用姓稱呼彼此呢。」

老爸突然冒出這麼一句。

亞季子小姐也瞄了綾瀨同學一眼。

「還是不好意思用名字稱呼對方？喊『悠太哥』也可以喔？」

我在內心對於亞季子小姐的提議表示敬佩。這就是經驗的差距吧。儘管沒辦法想像人家用甜膩的聲音喊「葛格～♡」，不過喊「悠太哥」和喊「悠太」就差異不大，而且比較像兄妹——似乎有比較像。雖然我以前從來沒有妹妹，只能用感覺判斷。應該是個很安定的稱呼吧？

然而，綾瀨同學聽了亞季子小姐這句話後，平靜地搖頭。

「倒也不會不好意思就是了。只是感覺怪怪的……」

「是嗎？」

「是啊。」

「嗯，也對。畢竟喊『淺村同學』也不至於弄錯。」

「弄錯？」

亞季子小姐若無其事的一句話，令我十分納悶，此時老爸從旁插嘴。

「在交往之前，亞季子都叫我『淺村先生』喔。在家裡呢，講到『淺村先生』就是我，講到『淺村同學』則是悠太，對沙季來說這樣大概比較容易分辨。」

老爸這番話的後半，我都沒聽進去。

他講到一半，我就不禁「啊」地張大嘴巴，愣在原處。

我之前都沒想過，但是這樣很合理。理所當然吧。再怎麼親密也要顧及禮節，更別說還是顧客，一位接待老手不可能剛認識就直接用名字稱呼對方，把距離縮得太短。

公共場合稱呼別人時加上先生小姐在現代是通則，因此必然會用姓氏加上先生小姐——不，先等一下。

「咦，那麼，老爸在交往之前對亞季子小姐的稱呼是……」

「這個嘛，稱呼她綾瀨小姐嘍。理所當然吧？」

「他這個人啊，花了不少時間才願意喊我的名字喔。」

「啊哈哈，我會害羞啦。」

老爸抓抓臉，顯得有些害臊。眼前這幕只能用「遲來的青春期」形容的景象實在很過分，就連我這個旁觀者都覺得渾身不舒服。

假日的一大清早就被人家炫耀新婚夫妻有多恩愛。不過嘛，這大概就是所謂的幸福家庭吧。

我抬起頭，看向綾瀨同學。她微微皺眉，顯得有點尷尬，不過很快就恢復往常的表情繼續吃飯。

多虧了她，我也冷靜下來了。

謝謝妳，綾瀨同學。

我倒好餐後咖啡，拿到大家面前。

既然早飯幾乎都交給別人，做這點小事也是理所當然。

老爸和綾瀨同學是黑咖啡，亞季子小姐則要加點牛奶。我將事先分裝進小瓶子的牛奶滑向亞季子小姐。

「謝謝你，悠太。」

「不客氣。」

順帶一提，我是看當下的心情，非常隨便。

說起咖啡，這一個月來我家的咖啡不是巴西聖多斯就是藍山。大概是在哪邊聽到這種香味有助於集中精神，老爸在一個月前綾瀨同學補考時買了很多。由於仍剩不少，所以我們目前還在喝。

8月22日（星期六）

我之所以會早早解決暑假作業，不知該說是因為曉得時間都要用來打工，還是多虧了老爸買的這些咖啡。

「不過，沒想到沙季會和悠太在同一個地方打工呢～」

「這個話題妳到底講幾次啦，媽媽？」

「因為很意外呀。」

「我是第一次打工，如果身邊有人可以請教，就能早點進入狀況了吧？何況我有書想看，也想增進現代文的成績。僅此而已。」

亞季子小姐覺得很不可思議，綾瀨同學則用這種口氣回應，兩人這種互動從放暑假以來已經有三、四次了吧。

雖然亞季子小姐似乎很驚訝，不過從綾瀨同學的角度來看，恐怕放假前的現代文補考造成了很大的影響吧。

原本想要「短時間內簡單賺大錢」的綾瀨同學，居然選擇辛苦卻收入微薄的書店打工，確實我也覺得很不可思議。畢竟她看起來不像是我這種徹頭徹尾的愛書人。

所以，暑假前一天在打工的書店瞄見綾瀨同學身影時，我還懷疑自己看錯了。那時候綾瀨同學既沒說過她想來這裡打工，也沒說過她要來這裡打工。

我當下就想去問她為什麼隱瞞，但是上班時間不能亂跑，我只能帶著滿腦子的問號工作。雖然一回家她就講了，讓我窮緊張了一番。

為什麼事前沒找我商量？對於這個問題，綾瀨同學的回答很單純。

「因為沒錄取會很丟臉。」

毫無戲劇性的理由。

不過嘛，覺得很簡單的打工面試沒過會很丟臉，這種心情我也能體會。

我一邊悠哉地喝咖啡，一邊回想綾瀨同學告訴我「從明天起我會和淺村同學在同一個地方打工」那一晚的事。

「可是，你們兩個都工作得這麼勤快，這樣好嗎？」

「不用擔心，暑期班我會去。我說過自己的事會自己搞定吧？」

升上二年級之後，遲早要面對升學考試。何況我就讀的水星高中是都內名列前茅的升學校，除了好友丸友和那種熱中於社團的學生之外，三不五時就會談到模擬考和暑期班之類的話題。

順帶一提，綾瀨同學沒有參加暑期班。

知名補習班的花費不少，報名需要仰賴家裡的存款。儘管老爸一再表示家裡有這點

程度的餘力，到頭來依舊敵不過她的頑固。

堅持靠自己的力量考進名校，不容一絲妥協，綾瀨沙季這個人的風骨實在令我不得不尊敬。

「暑期班？喔，那種小事不重要啦。」

老爸基於信賴（我希望如此），將自己兒子認真念書的態度輕描淡寫帶過，說出意料之外的擔憂。

「因為悠太和沙季在暑假期間都沒有出去玩的樣子嘛。」

「原來是那個啊。」

我和綾瀨同學幾乎每天都很忙，所以像今天這樣一家團聚的時刻，一個月來也只有幾次。

儘管如此，仍然難以想像家長會把課業話題丟到一邊來談這種事，不過老爸的眼神倒是意外地認真。

「這很重要喔。長大之後啊，很難抽出時間去玩。和學校友人度過的青春時光是僅限此刻的寶物。」

「青春的現在進行式好像剛剛才在我面前上演耶。」

「我們這叫大人的戀愛吧。」

看見老爸他們的模樣，讓人腦中浮現「小孩和大人的差別在哪裡？」這種哲學問題。這世界該不會是先講先贏吧？

「提到高中生，就該是什麼旅行啦、廟會啦之類的。你沒想過去哪裡玩嗎？」

「身為家長，這種時候該質疑小孩『只顧著玩好嗎』才對吧。更何況，打工也有一半像是在玩，我覺得很開心。」

我無奈地表示，老爸聽了搖搖頭。

「雖然你說很開心，不過打工就是打工。到頭來依舊是工作不是玩吧？」

「這個嘛，話是這麼說沒錯……」

可是，高中生的暑期打工，在世間的大人們眼裡不就像是在玩嗎？我就認識以這種口吻談打工的大人。

然而在這位父親的眼裡，似乎並非如此。

「到了三年級大概就得專心準備考試，我覺得現在可以多玩一點喔。」

「是啊。沙季也一樣，有點認真過度，讓人擔心。」

兩人擔心的方向都與一般觀點有所不同。我漸漸發現，這對夫妻十分相像。

8月22日（星期六）

「更何況，朋友沒辦法和你們一起玩，說不定會覺得很寂寞喔。」

朋友啊……

聽到老爸這句話，我腦中浮現某個戴著眼鏡的壯漢。

「講是這樣講，但是說穿了我也沒幾個會因此寂寞的朋友，而且那位朋友正身陷社團地獄呢……」

我一邊回答老爸，一邊在內心苦笑。

我的好友丸友和是棒球社的二年級生，也是正捕手。就算是暑假他依舊要天天練習，又有集訓，甚至還要去別縣打練習賽。理所當然地沒那個時間和餘力找我玩。

『長假真好，能用來練習的時間比要上課的日子多！』

大概就是因為有辦法一本正經地講出這種話，才能在二年級就擔任正捕手吧。

我想著丸這句話，同時瞄向綾瀨同學。

「先不管我這邊，綾瀨同學的朋友應該會主動邀她就是了。」

「沒有計畫喔。」

被乾脆地否定了。

說起綾瀨同學的友人，我只認識奈良坂真綾同學，但是和丸不一樣，沒聽說過她也有社團地獄的問題。更何況奈良坂同學很愛照顧人，而且看起來相當關心綾瀨同學，在漫長的暑假裡完全沒找綾瀨同學出去玩，實在不太可能。

綾瀨同學輕描淡寫地帶過，我也不便多問，儘管有些在意，然而話題也就到此為止了。不過，當我在房間做出門打工的準備時，敲門聲響起。

開門之後，綾瀨同學劈頭就說道。

「如果是真綾，不用在意。我們不是那種暑假會一起出去玩的關係，你不用想太多。」

我啞口無言。這幾句話的語氣，冷淡到令人懷疑她是不是生氣了，使得我的思緒當場停擺。

「慢著，綾瀨同學。」

「……怎樣？」

綾瀨同學說完就轉身準備回房間，我反射性地叫住她。

叫住人家倒是無妨，接下來我卻不知道該說什麼。可能我下意識覺得不太對勁吧，儘管沒辦法將疑惑化為言辭，當下卻能感受到她的態度有些危險。直覺通常很準，這種時候坐視不管並非好主意。

有誤會就該盡快解開。

就算是朋友，也不是非得在假日一起玩不可。而且綾瀨同學是寧可把時間拿來精進自己的人，和她在同一個家生活了三個月的我很清楚這點。

話雖如此，但她也不至於完全不和別人交流。奈良坂同學放學途中來我們家那次，我們曾三個人一起玩電玩，之後奈良坂同學還來教綾瀨同學念書，甚至幫忙準備晚飯。

這麼一想，她們兩人或許突然變疏遠了也說不定。

「抱歉。」

「咦？」

叫住人家卻又陷入沉思的我連忙抬起頭。表情稍微舒緩了點的綾瀨同學於是開口說道：

「我既沒有生氣也沒有心情不好。如果讓你介意，我道歉。不過，我和真綾本來就沒有那麼常玩在一起，這是真的。」

「但是她來過好幾次。」

「畢竟她當時對你很感興趣，還有就是像上次那樣我主動找她。因為她很會照顧別人嘛。」

這麼說來，奈良坂同學好像講過她有很多弟弟。

或許她與我和綾瀨同學這種獨生子女相反，已經習慣照顧別人了。

「反過來說，只要不主動找對方就什麼都沒有。彼此都是。」

「啊～嗯，這種感覺我也不是不懂。畢竟我也不是那種常常和別人玩在一起的類型嘛。」

「喜歡孤獨？」

「可能是『比較』喜歡孤獨吧。」

該說擅長自得其樂嗎？只要我有那個意思，獨處好幾個小時不成問題，也不會覺得痛苦。反倒是和別人待在一起會覺得累。小時候，身邊的人總是擺出一張臭臉，我就算待在家裡也得小心翼翼，避免讓她心情變得更差。

所謂的家庭，對我來說並非安歇之處。可能就是因為這樣吧，我才會逃避似的埋首於書堆。

不是「一個人也無妨」。

而是因為一個人——說實話吧——比較輕鬆。

「淺村同學也會這樣啊。是嗎……那麼，這個話題到此為止，這樣可以吧？」

「嗯。」

「那麼，我還要做點打工的準備。還有，今天我要先去另一個地方，應該會提前出門。」

「我知道了。」

我點點頭。但是，異樣感並未消失。

儘管綾瀨同學的言行不是在騙人，卻讓我覺得有些不對勁。這股揮之不去的情緒是什麼？她回房之後，我針對這點思考了一會兒，接著突然想到一件事。

為什麼，綾瀨同學要特地跑來我房間，強調暑假不會和奈良坂同學出去玩這件事呢？

我在接近正午時走出家門。

今天的班從下午一直排到晚上。

將自行車停到停車場一角後確認時間，離上班時間還有將近三十分鐘的空檔。

「話是這麼說，卻又不夠去外面逛啊……」

我決定在賣場裡閒逛，打發時間。

因此我和普通的客人一樣，從一般入口踏進店裡。

無論是哪裡的書店，格局都差不多。

一進門，就是最顯眼的平台，上頭堆著露出封面的新書或熱門書。看上去有很多客人毫不在意地走過，不過原因在於那裡往來頻繁，剛剛就有個像是上班族的四十來歲男子，往平台瞄了一眼才走向運動雜誌專區。在那麼短的時間內，能吸引到目光就已經綽綽有餘。

如果店只有一個入口，收銀台應該也會在附近。不用說，對於買好東西的顧客而言，最重要的就是立刻移動到下一個地方，所以要避免他們結完帳之後還得在店內穿梭導致累積壓力。

過了新書與熱門書的專區之後，就會從較多人拿的書籍開始依序排列，愈往內的書愈少人碰。

賣得好的書，就要放在顯眼的地方。

無論是怎樣的店都一樣，除了將商品分門別類之外，排列時還要按照一定程度的邏輯。雖然都是打工前輩教我的，但我在聽到之後也恍然大悟。

我想起自己剛開始打工時的事。

8月22日（星期六）

『不過，讀賣前輩。書店不是常常調整這種「重要的排位」嗎？』

雖然並不是每一間店都會這麼做，不過書店大致上每隔半年到一年，就會做出「將整個區域換到另一個地方」這種令人無言的行為。不知為何，愈大的書店愈不肯維持原狀。若是圖書館，絕對不會這樣。

『這樣令人很困擾吧？會找不到原本記得擺在哪裡的書。』

這種不滿，凡是逛書店的愛書人都會有。我試著將它搬出來問。

『嗯。所以才要這樣啊。』

讀賣前輩給了個謎語般的回答。

『啊？』

『就像後輩你剛剛說的。正因為人會記得，才要換位置。』

『這是什麼意思？』

『正確說來，應該是「認為自己記得」吧？其實人啊，看是會看，卻不會記住細節。後輩，你記得這個書櫃的這個位置，原本放的是什麼書嗎？』

說著，前輩敲了敲文庫本小說書櫃的一角。該處空出一本書的空間，看樣子是剛賣掉的。這裡是輕小說區，照理說我應該看過很多次，卻想不起來原先擺在那個位置的書是什麼。

『正解是這個。』

前輩拿起一本要補充的文庫本，亮出封面給我看。在所屬的書系裡，它算是賣得不錯的那邊，作者是這年頭少有的短篇好手。當然，這本書我也讀過。而且仔細一看，空位的左右兩邊都是同一個作家的書，照理說要發現應該不難——雖然不是系列作。

『啊～原來是這個。』

『不過，你剛剛看到這個書櫃時，沒有覺得它和平常不一樣，對吧？』

『這……確實。』

『換言之，你沒有連櫃子裡放什麼都記住。但是，你的腦認為這個書櫃和往常一樣。畢竟人類也是動物嘛。動物啊，一旦覺得沒有異狀，就不會去注意。』

聽到前輩這麼說，我沉吟了一會兒。她當著我的面拿我本人實驗證明，所以很有說服力。我也沒錯過前輩微微揚起的嘴角。這人乍看之下是一位行事低調的和風美女，實際上相當精明。

『是這樣嗎？』

『嗯，就是這樣。因為和往常一樣，所以不用看也知道——就是要破壞這種先入為主的觀念。所以，書櫃的排列偶爾會大幅調整。這麼一來，不管人走到哪裡，都會仔細尋找了對吧？書店和圖書館不一樣，是要做生意的。如果顧客只看擺在平台的新書，就會浪費平台以外的空間。書店的書櫃啊，如果不動一下會死掉的。我就知道幾間放著書櫃積灰腐朽最後消失的書店喔～』

『多謝您這番富有哲理的含蓄解說，前輩。』

『很帥吧？』

『簡直就像角色扮演遊戲裡那種活了上百歲的白鬍子老爺爺。』

『唔，好像不怎麼帥。』

她嘟起嘴表示不滿。

我一邊回想前輩這番話，一邊掃視平台上的新書。

所謂的書店，我認為就是人類智慧財產的展示櫥窗。尤其是新書，能直接反應時代潮流，光是看標題和封面就能體會。我很喜歡用這種方式消磨時間。

通過平台之後，我就這麼開始繞店一周。除了確認新書之外，也大略掃過書櫃上那些書的書背。像這樣事先掌握賣場的狀況，到了工作時間要應對客人就會比較容易，可說是一舉兩得。

大致繞完一圈，差不多該換制服的時候，突然後方有人拍拍我的肩膀。

「嗨，後輩。」

回頭一看，穿著便服的讀賣栞前輩就站在那裡。

「前輩，拜託別嚇人啦。我還以為心臟要停了。」

「你啊，心臟有那麼纖細嗎？」

「別看我這樣，我的心可是頗為纖細喔。」

「亮出來我就相信你。」

「如果妳能讓它恢復原狀，讓妳看也無妨。」

聽到我這麼回答，前輩開心地笑了。

「莎士比亞嗎？不流血就拿不出心臟，這種事我也知道喔。那麼，我也只能相信你說的話了。」

「感激不盡。」

我再次打量讀賣前輩，她今天穿著緊身牛仔褲配無袖白上衣，一頭黑色長髮簡單地束在腦後，看起來很清爽。

「嗯，今天你來得可真早耶？」

「前輩妳才是吧？」

我記得，這人今天應該和我、綾瀨同學是同一個時段上工才對。

「待在家裡也很無聊嘛。而且這裡有冷氣，所以我就想，是不是先來賣場晃一晃再進辦公室嘍～」

「很閒嗎？」

「大學生就是這樣嘍。」

「沒有研討會或社團或實驗嗎？」

「啊～啊～聽不到～我聽不到～」

「拜託別做出那種像小學生的反應。妳現在到底幾歲啊？」

「俗話說大才亦可小用啊，後輩。」

「歪理的內容倒是像中學生呢。」

「江山易改本性難移。不管長到幾歲，內在都不會有什麼改變喔。」

「講得那麼深奧，說穿了不就只是想掩飾自己糜爛的大學生活嗎……」

「等你進了大學就知道啦。大學生啊，其實沒有高中生想像的那麼成熟。」

讀賣前輩笑嘻嘻地說道。

這幾句話倒是很有說服力。

「話說回來，今天怎麼沒看到妹妹？」

「這……還沒來嗎？她先出門，我想應該差不多到了才對。」

到目前為止，我還沒有和綾瀨同學一起來店裡。她表示在這裡應該和學校一樣劃清界線，我也同意。

兄妹關係穿幫倒也不會怎麼樣，真要說起來求職時還交了履歷表，所以店長也曉得我和綾瀨同學是兄妹。

只是不想被其他店員指指點點而已。

更何況，我雖然有自行車，綾瀨同學卻是徒步。如果要同行，就得讓其中一個人配合另一個。而我和綾瀨同學都不喜歡讓別人這麼做。

「不過，沒想到連妹妹都來這裡打工了呢～怎麼啦？看你露出那種表情。」

「沒什麼……我剛剛才和家人談到類似的話題。」

綾瀨同學選擇到書店打工，在大家看來有那麼不可思議嗎？

聽到我這麼說，讀賣前輩似乎陷入沉思。

「令人不可思議的地方，應該不是『在書店打工』這部分。唉呀，不過高中生玩心很重嘛。妹妹打工勤快的程度，看起來不輸後輩你喔。」

「是這樣嗎？這麼說來，前輩這個夏天有去哪裡玩嗎？」

「嗯？我？那還用說，當然是穿上性感泳裝去海邊當個被人家搭訕的女大學生嘍。」

可以麻煩妳不要一臉得意嗎？

性感泳裝又是怎樣的泳裝啊？不過嘛，從客觀角度來看，讀賣前輩應該算得上漂亮。只要不開口，看上去就是一位留著烏黑秀髮楚楚動人的和風美女。雖然內在和大叔沒什麼兩樣。

「海啊……」

「怎麼？看你一臉排斥的樣子。」

「沒什麼……我腦中只浮現人擠人的畫面。」

在本州海岸有辦法避開人潮游泳嗎？真要說起來，人擠人對我這個陰角來說已經是一道很高的門檻了。

「反正又不是去游泳的，不用怕啦。」

「為了被人家搭訕而去的嗎？」

「沒錯沒錯。」

「被人家搭訕有那麼好嗎？」

「可以白吃白喝。」

「又不是沒賺錢……」

雖然書店打工的酬勞不怎麼多。基本上，開書店是門利潤微薄的生意，所以薪資低，就算是正職員工也不例外，更別說兼職人員了。

「喔，你討厭白吃白喝呀？」

「與其說討厭白吃白喝，不如說我不太喜歡欠人情。更何況，讓人家請客感覺就像被嫌棄沒收入，實在不太愉快。」

我認為要有付出才能有所得，「單方面請客」這種行為只會讓我懷疑。世上最貴的就是免費。相較之下，用自己賺的錢吃飯要來得美味多了。

「唉，這算是後輩你的優點吧。不過，可以看見青春洋溢的大學女生穿泳裝，不能算免費吧？」

「青春洋溢……已經是大叔才會用的詞了。真的還有什麼活力可言嗎？」

「你想說我是個怠惰的魚乾女大生？」

「我可沒說這種話。」

只有在心裡想而已。

「我知道你在想什麼喔～」

「非常抱歉。」

「順帶一提……」

讀賣前輩豎起食指，表情就像一隻惡作劇成功的貓。

「剛剛講的那些全都是假的。」

「……全部？」

「對，全部。」

「說這種謊究竟有什麼意義？」

「沒什麼特別的意義！」

她斬釘截鐵地強調。

不過在知道都是謊言後，我重新觀察一下讀賣前輩，就覺得剛剛自己確實該看穿真相。

外露的纖臂與美麗的臉龐依舊白皙，一點也看不出日曬的痕跡。

8月22日（星期六）

「算啦，玩笑先放一邊。時間差不多了，換衣服吧。」

到了後場，我和讀賣前輩分頭行動。我在無人的男子更衣室獨自換裝，穿上工作用的衣服。

我要踏進辦公室時，正巧碰上綾瀨同學和讀賣前輩一起走出女子更衣室。看來她有準時趕到。

放暑假後，我已經見過多次綾瀨同學穿上圍裙的模樣。她和在家裡、學校時有所不同，選擇用樸素的緞帶將長髮綁成一束。柔順的金色長髮，宛如高傲名馬的尾巴。可能是顯眼的頭髮與書店店員的制服不太相稱吧，感覺有點難融入周圍的景色，即使已經見慣，目光依舊自然而然地被吸引過去。

有那麼一瞬間，我好像和她對上了眼。

然而時間不到一秒，她很快就別開目光。

不行，非得習慣不可。我端正姿勢，這麼告訴自己。

要是一直被人家盯著看，就算是綾瀨同學也會覺得不舒服嘛。

可能因為既是週六又是暑假的關係，店裡打從中午起就有不少人。

即使如此，仍舊有段客人較少的空檔。差不多就在下午三點左右。

結完帳的綾瀨同學，面帶微笑地說著「謝謝惠顧！」送客之後，面前不再有人排隊，於是站在收銀台的我、綾瀨同學、讀賣前輩，總算鬆了口氣。

「不過啊，明明才一個月耶，綾瀨小姐吸收得真快呢！」

「是這樣嗎？」

「嗯。後輩來的時候我也覺得『來了一個好聰明的孩子呢～』，不過妳可能比他更行喔。」

聽起來，前輩是真的覺得綾瀨同學很厲害。實際上，我也有同感。結帳、接待客人都很完美，已經流暢到不需要我幫忙了。而且根本不用一個月，她開始工作一週後，差不多已經記住所有工作內容，我可不記得自己有熟悉得那麼快。

這個時候，我突然想到一件事。

讀賣前輩在我面前會叫綾瀨同學「妹妹」，不過在店裡則是叫她「綾瀨小姐」。

這點能讓人感受到她的確是個大人。不是指年齡，而是精神層面。

「謝謝。」

綾瀨同學也回以微笑。

8月22日（星期六）

最近，在家裡看多了理性冷淡的她，這種客套的笑容倒是很久沒見到。比較接近第一次在家庭餐廳見面時，那個讓人覺得社交能力很強的她。

「不過，都是多虧前輩教導有方。」

「能夠這樣回應也是妳的強項之一。」

「不不不，我是說真的。」

「那個……」

「啊，是！」

收銀台前傳來的聲音，讓綾瀨同學轉頭。她掛上完美的笑容，開始接待客人。

對方是一位舉止優雅的高齡婦女，似乎要找漫畫。

「要我代替妳結帳嗎？」

「拜託了。」

把收銀台交給我之後，綾瀨同學奔向賣場。

原本以為馬上就會回來，結果過了差不多十分鐘她依舊未歸。此時客人已經開始排隊，雖然令人介意，但我無法離開。

綾瀨同學不僅課外書讀得少，連漫畫也不怎麼看。說不定她和客人都找不到。

「結帳交給我，你去幫她吧。」

可能是擔心寫在臉上了吧，讀賣前輩拍拍我的背。

於是我拜託她留守，自己趕往賣場。我走向漫畫專區，看見綾瀨同學和方才出聲的客人一起在書櫃前不知所措。

「綾瀨小姐，怎麼了？」

「淺村**先生**……」

綾瀨同學回過頭，看上去十分困窘。

一旁的客人年紀已經不小，似乎是孫子拜託她來買的。換句話說，這位老太太同樣對漫畫不太熟。她也是一臉不安。

她要找的，是這個月才出的新書。這部作品剛決定要動畫化，因此店裡當成暢銷書看待而進了很多，應該不至於賣完。但是她們沒找到。

「從出版社分類看來，應該放在這一櫃才對……」

「搜尋呢？」

我瞄向書店一角的某部機器。店內存貨應該能夠用搜尋服務查到才對。

「查到還有五本以上。可是……」

「前面的平台沒看到對吧？」

「沒有。那邊已經確認過了。」

我大略問了一下，然後思考。明明是這個月出的新書卻找不到，不對勁。而且雖然賣得好，但紀錄顯示還有庫存。

不過放熱門書籍的平台上，確實找不到書名符合的。

我以目光掃了一下櫃裡那些書的書背。整櫃從上到下放滿該書系的漫畫。我依序看向那些按照作者名發音順序排列的書，發現有該系列的其他本，唯獨沒有新書。看來書櫃裡的份已經賣完了。

「沒有耶……」

「沒有。明明應該就在這裡的。」

「這也就表示……嗯。這一帶嗎……這裡很可疑。」

我從平放的新書裡，拿開某一疊最上面那本。

於是，完全不同的書探出頭來。正是她們要找的新書。

「啊！」

「來，是這本吧？」

賣場的書能讓許多客人自由碰觸，沒歸位是常有的事。這回也不例外。如果把書放上平台的人是我或綾瀨同學，大概馬上就會發現。客人把書歸位時亂丟恐怕還比較顯眼，放得很整齊反而讓人找不到。下面堆的數量正好是五本，符合紀錄。

「真厲害……！你怎麼知道？」

「這個嘛，直覺吧。話說回來，客人還在等。」

「啊，嗯。呃……是這本沒錯嗎？」

綾瀨同學轉身去將漫畫拿給對方看，請對方確認。老太太看見她手上那一本，開心地笑了。

「是啊是啊。我想應該就是它。」

「您要買的書，只有這一本嗎？」

老太太點點頭，於是我們陪她走回收銀台。結完帳之後，她小心翼翼地將唯一買下的那本漫畫收進包包，對我們深深一鞠躬後走出店門。

我和綾瀨同學都鬆了口氣。

「幸好有找到。不過，到底為什麼……簡直就像超能力。」

「不，這沒什麼大不了啦。」

8月22日（星期六）

說穿了，就是那堆平放的新書旁邊貼著「8月2日發售！」的廣告牌。但是最上面那一本所屬的書系，照理說不是那天發售。一本不該出現在那裡的書，讓我覺得不太對勁。

「我完全沒注意到……」

綾瀨同學原本就不是會在意漫畫發售日的人。和平常就泡在書堆裡期待新書的我不一樣。

「如果不曉得該留心什麼地方，就很難發現。我的經驗稍微多了點，所以這點事還注意得到。」

——動物啊，一旦覺得沒有異狀，就不會去注意。

前輩當初說的話閃過腦海。一旦腦認為「沒有」，就算映入眼簾也會視若無睹。

「就算這樣，我還是覺得很厲害。」

「不過，若是讀賣前輩應該會更快發現。」

我想到剛才錯身而過走向賣場的讀賣前輩，綾瀨同學只嘀咕了句「這樣啊」便站回收銀台。

客人開始在收銀台前排隊，又有得忙了。

夾在大樓之間的月亮，顯得離地很近。

八月還剩約十天的這個季節，吹來的依舊是熱風，柏油路面散發白晝的餘熱，令人難以呼吸。

時間已過晚上十點，馬上就要十五分。高中生只能工作到十點，而且在此之前必須收拾完畢，所以實際上打工只到九點五十分。即使如此，當我做好回家準備踏出店門時，也已經是這個時間了。

我和綾瀨同學下了班，並肩而行。

不喜歡干涉彼此的我們，向來按照自己喜歡的時間前往打工地點。回家時卻總是同行。

這麼做是有理由的，其實這是亞季子小姐的要求。亞季子小姐同意讓綾瀨同學工作到晚上，相對地有個條件，那就是晚歸時兩人要同行。亞季子小姐身為母親，不想讓女兒一個人走在晚上的澀谷街頭。

綾瀨同學起先表示反對。她認為，不該只因為自己是女生，便強迫哥哥擔任護花使者。

8月22日（星期六）

照她的說法，以前必須去亞季子小姐的職場找人時，自己就是一個人走，這是無謂的擔憂。

這麼說來，以前曾有人懷疑綾瀨同學在外援助交際。大概是她去找亞季子小姐時被看到所產生的誤會吧。我總算搞懂了。

而且，綾瀨同學拒絕我同行的理由，多半還有另一個。

如果分頭行動，騎自行車的我就能早點回家。她不想讓我陪她慢慢走。如果立場相反，我大概也會有同感。堅持「互相幫助時要多付出一點」的她就更不用說了。

即使如此，她最後還是接受了亞季子小姐的提議——自己現在還是寄生家中，一味讓母親操心只是種任性。

不過，我倒是稍微鬆了口氣。

就算當事人堅持沒關係，我也不想讓綾瀨同學一個人走在夜晚的澀谷鬧區裡。何況「偶爾走一次」和「因為有打工，所以幾乎天天都要走」，兩者遇上麻煩的機率想來也不會一樣。

我這麼表示之後，綾瀨同學回答「也對」。

總之呢，經歷這麼一段之後，我和綾瀨同學就像這樣一道回家了。

我一邊擦拭滑到下巴的汗水，一邊和綾瀨同學在人潮帶來的悶熱中穿梭。話說回來，今天始終沒有變涼一點呢。

「還是夏天呢。」

「原來已經秋天啦……」

「咦？」

「啊？」

我們兩個不由得停下腳步。

綾瀨同學傻眼地看著我，我則是一臉疑惑地看著她。

她盯著我看了一會兒之後，輕輕點頭。

「該不會，你是指氣溫？」

「沒什麼該不會，就是指這個。妳呢？」

「我說的是那個。」

她以下巴比向人行道旁的服裝店的——櫥窗？

大塊玻璃的另一邊，站了好幾具假人。

「那叫秋天？」

「秋天了吧？不管怎麼看都是。」

大概是看見我納悶的樣子吧，綾瀨同學更為傻眼了。

「咦，你認真的嗎？」

「抱歉，我實在看不出，那些假人身上的衣服和妳現在穿的差別有那麼大。」

聽她這麼一說，倒也能看出那不是盛夏時節的裝扮。大概是袖子長了點？不過，綾瀨同學也在無袖針織衫外加了件格子襯衫呢。

「問題不在那裡。衣服顏色和飾品都是今年秋季流行款式，所以一看就知道。而且啊，街上的假人老早就換掉夏季服裝了。更重要的是，它們穿的衣服和昨天之前都不一樣吧？」

「是這樣嗎？」

「不會吧……」

「啊，不，我沒有懷疑妳啦。既然妳都這麼說了，應該就是這樣吧。所以麻煩別露出那種在街上碰到喪屍或耶誕老人的表情。」

「我倒是覺得自己碰上了稀有動物。就算接下來撞見喪屍或耶誕老人，我大概也不會感到驚訝吧。」

「這還真是過分。」

被當成瀕危動物或未知生物了。覺得會記住假人穿什麼比較特別，難道是因為我視野太狹隘嗎？

「淺村同學，你對時尚之類的沒興趣？」

「妳見過我看時尚雜誌的樣子嗎？」

愛書人會覺得有錢買衣服不如拿去買書。更何況，我這種陰角就算打扮也沒人要看吧？聽到我這句話，綾瀨同學恍然大悟地點頭。

「這樣啊……我都沒注意到，你對這方面是真的沒興趣。」

「看來如此。」

「算了，反正淺村同學看來沒打算去服飾業打工，應該沒問題吧……」

「……嗯？什麼？」

「沒什麼。」

說完，綾瀨同學逕自邁步。

搞不懂她究竟明白了什麼的我，趕緊推車追上。

之後，綾瀨同學不知為何似乎心情稍微變好了點。

8月22日（星期六）

8月23日（星期日）

天氣太熱，所以我醒了。

我看向枕邊的鬧鐘。早上十點……三分，不，現在四分了。

八月明明只剩一週，卻看不出夏季有要離開的意思。

亞季子小姐曾經叮嚀過，就算在室內也有可能中暑，想起這件事的我連忙打開冷氣。換掉汗濕的衣服後，我打開通往起居室的門，一股熱氣瞬間裹住身軀。感覺有點難以呼吸。

仔細一看，老爸正踩著凳子檢查冷氣。亞季子小姐則是抬起頭擔心地看著他。雖說是週日，不過連兩天雙親同時待在起居室的門還真罕見，該不會是因為這個？

老爸瞄了我一眼。

「喔，悠太啊。早啊。」

「悠太，早。」

「早安。呃，該不會……故障了？」

「它一直吹不出冷風。我弄了半天之後，把亞季子吵醒了。」

「要幫忙嗎？」

「好啊。呃，還在調查原因啦，我沒在修什麼東西。何況真要說起來，最近的冷氣已經不是外行人修得好的東西了。」

這倒也是。

老爸似乎正要看冷氣的錯誤訊息對照手冊，一隻手拿著遙控器，一下開開關關一下切換模式。只不過，機器始終沒有吹出冷風。

「畢竟這台冷氣最舊嘛。如果不行，乾脆換台新的或許比較好。」

「沙季房間才剛裝了新的……對不起。」

「哪裡哪裡，不需要道歉啦。畢竟沙季的房間原本是儲藏室，沒有裝空調嘛。而且，沒空調也會影響念書吧？」

「謝謝你，太一。」

聽到老爸他們的對話，我才注意到綾瀨同學不在起居室。

「綾瀨同學在房間？」

「嗯。剛剛還在這裡看，不過她說實在是太熱了。那個孩子啊，很怕熱。」

「原來是這樣啊？」

「小時候可讓人頭痛了。一到夏天，又是撒嬌要吃冰，又是吵著要人家帶她去泳池……」

綾瀨同學小時候，大概就是老爸再婚前讓我看的照片那時期吧。

照片上似乎還在讀小學的綾瀨同學，看上去確實相當活潑。這麼說來，現在她反倒顯得相當穩重，真難想像以前是個會吵著要父母帶她出去玩的小孩呢。

「隨著年歲增長，她愈來愈不需要人家操心，但是這樣也讓人有點寂寞呢。」

「果然到青春期就不太願意陪爸媽了嗎？悠太也是喔。」

聽到老爸這麼說，亞季子小姐稍稍低下頭，嘆了口氣。

「那孩子與其說是因為青春期，倒不如說……她上中學時，差不多就已經是現在這種感覺了吧。」

亞季子小姐語帶保留，我大概猜得到是怎麼回事。

據我所知，他們家庭失和，綾瀨同學的父親不再回家、亞季子小姐開始工作，就是在那個時候。大概是小小年紀就感受到家中困境，她才放棄撒嬌的吧。

「這樣啊。抱歉問了些不該問的。」

「沒關係。」

亞季子小姐微微一笑。她看起來不怎麼介意，但是老爸顯得很惶恐。站在凳子上縮成一團只會讓亞季子小姐困擾喔，老爸。

不過，原來綾瀨同學小時候喜歡去游泳池啊……雖然實在無法想像她天真無邪地在水中游來游去的畫面。如果現在告訴她可以無憂無慮地自由玩耍，她還會在泳池裡嬉鬧嗎？

像我這種消極的陰角，根本就不會想去人擠人，也不想特地跑去運動把自己搞得很累。

「嗯～果然沒有反應呢。乖乖找業者修理應該是最好，不過這個時節人家多半很忙，也不知道什麼時候才會來修。」

「是啊，真令人頭痛……啊，下來時要小心喔。」

「悠太，你今天也待在自己房間裡吧。」

「是可以啦。」

偏偏在這種時候，打工排班是晚上。

8月23日（星期日）

我詢問兩人打算怎麼辦之後，亞季子小姐說她想出門購物，老爸則要跟著去提東西。

原來如此，出門或許也是個辦法。

亞季子小姐表示「沙季就由我告訴她」之後便走向廚房，然後隔著餐廳問：

「悠太，要吃點東西嗎？我正要吃早飯。」

「啊，好。那我就不客氣了。」

老爸和綾瀨同學似乎已經吃過，於是我和亞季子小姐把剩的餐點加熱一下後便吃了起來。老爸打開通往寢室的門，想盡可能讓涼風吹進起居室，不過這麼做只是杯水車薪，我依舊滿頭大汗。這種時候就會讓人想念電風扇。

吃了早飯並收拾完畢之後，我也效法綾瀨同學，從冰箱拿出飲料，窩回房間。

好啦，今天該怎麼辦？

綾瀨同學在房裡做什麼呢——我一邊思考這些，一邊翻著還沒看完的書。到了接近中午時，手機接到丸的電話。

他問我下午有什麼計畫，我告訴他沒什麼事之後，他要我陪他去買東西。原本天氣炎熱讓我打算拒絕，不過轉念一想，今天閉門不出也只能窩在房間裡，我就改變了主意。到頭來，我還是奉陪了。

澀谷站前。週日正午過後的鬧區，比平日更加熱鬧。

看見擁擠的人潮，感覺炎熱倍增。

我照慣例將自行車停在車站附近的停車場。傍晚要打工，停在這邊回家時會比較方便。

丸邀我同去的地方，是一間販賣動畫相關精品的店家。店裡也有賣漫畫和輕小說，換言之相當於我打工地點的競爭對手。不過嘛，在意這種事也沒用，何況我工作的地方沒賣精品。

從站前沿著神宮通往北走，到了井之頭通後轉向西。途中路分成兩條後，轉進宇田川通——這樣應該最為簡單易懂吧。這麼說明，對於不明白澀谷地理的人而言或許會覺得相當遠，不過沿路都很熱鬧，可以讓人忽略距離的問題。

路邊有人利用空地擺罐裝飲料新產品讓人試喝，也有大姊姊對店頭平台的熱門商品加以解說。邊走邊看之下，不知不覺就已抵達目的地。

在離約定時間還有五分鐘時，我抵達店門前。

「喲，抱歉讓你特地跑一趟啦。」

臉頰曬黑的好友——丸友和，看見我之後靠了過來。

「好久不見。今天沒練習是吧？」

「嗯，今天只有晨練。這年頭啊，不給休息時間的練習已經不流行啦。這麼熱的天氣，累積疲勞只會增加受傷和身體不舒服的機率喔。該休息時就要休息，這才是現代的訓練。」

「原來是這樣啊。」

不過，訓練辛苦應該是千真萬確，就規劃訓練者的角度來看，多半也不會想勉強大家練習而導致受傷吧。

「話又說回來，抱歉啦，天氣這麼熱還把你拖出來。」

「這個啊……」

我將自家空調壞掉的事告訴丸，並且表示「反正都是熱，所以就決定過來嘍」。雖然把家務事告訴別人似乎不太可取，不過這麼一來，丸應該也就不至於太過介意了吧。

「那還真慘。總之呢，我打算先達到目的，要是拖太久讓東西賣完就糟了。」

「了解。」

平常不會把自身興趣強迫推銷給別人的丸，之所以非得拜託我不可，理由在於只靠他自己無能為力。換句話說，就是要買每人限購一份的精品。這種事如果要一個人搞定，就非得跑好幾間店不可。而丸沒有那個時間和力氣。發售日是週五，今天已是第三天，會擔心東西賣完也是能理解。

既然已經答應，就要全力以赴，買到那個限定精品……這麼說來，我還沒問他要買的是什麼東西呢。

「任務完畢之後要是肚子餓，就去吃點東西吧。」

「ＯＫ。」

這家店的漫畫專區與輕小說專區，我倒是來過幾次，但我對精品沒什麼興趣，因此這回是讓丸帶路。

「所以，那是怎樣的東西？」

聽到我這一問，走在前面的丸便回答。似乎是春季動畫的精品。雖然動畫已經播完，但相關商品只要熱度尚在，即使作品已經結束也能繼續出。丸說出的那部動畫我還記得，應該是有五名少年少女的日常系作品。

「那個……他們出了機器人。」

8月23日（星期日）

「啊？」

我完全聽不懂他在講什麼。我記得，那應該是一部以鄉下地方為舞台，在自然風光裡上演的青春故事……吧？

「第五集主角讀的輕小說是科幻類對吧？」

「啊……」

我想起來了。最近御宅族嗜好似乎已經得到世間認同，所以常在主角或配角群裡混進一兩個開朗的御宅族……記得那名角色好像有個「喜歡科幻系戰鬥作品」這種不知道要怎麼和本篇扯上關係的設定。

「呃，該不會，那個……」

「就是設定上主角喜歡的那個機器人。」

「這和動畫已經沒關係了吧？」

「但是這玩意兒很帥啊。」

說著，他便講出設計機器人的插畫家之名，不過很抱歉，我完全不熟。聽到我這麼說，丸誇張地表示驚訝。

接著他滔滔不絕地談起那人的事蹟，看來是位足以讓他做出這種反應的名人。

「總之，出了那個機器人的玩具對吧？」

「就是這麼回事。」

幸運的是，抵達賣場之後那個機器人玩具還有剩。丸和我各拿一盒後，只剩最後一盒，真是好險。

我們抱著東西排隊。週日客人多，隊伍相當長。我們排在最後，一邊跟著隊伍前進一邊繼續聊。

「原來如此。這個很帥耶。」

「對吧？」

我雖然對這種玩具不熟，但光用看的就看得出它很帥。盒長約五十公分，虛構的機器人標誌十分顯眼。小小的動畫標題縮在角落，讓人搞不懂哪個是本篇，這種彷彿真的有該機器人動畫的表現手法，大概也是它的優點吧。

「能活動的部位很多。這個可以拿來玩喔。」

「玩……？」

「喔？淺村，你以前沒有拿機器人或怪獸的玩具來玩過啊？」

「要說完全沒有是太誇張了，不過嘛，大致上差不到哪裡去。」

擺著觀賞我還能理解，拿來玩我就不懂了。

畢竟我幾乎都是看漫畫和小說，動畫碰得少。

小時候，我曾經把老爸買回家的軍艦模型組裝起來觀賞，但是之前的媽媽生氣地說只會礙事而把東西丟了，於是我下定決心再也不幹這種事。如果和能夠理解自身嗜好的家人住在一起，大概就能享受這種樂趣了吧。

漫畫和小說可以窩在房間裡看，書本外觀也不容易被盯上。

「這麼說來，淺村你要和奈良坂他們去游泳池玩？」

丸突然轉換話題。

聽到這句話，我的腦袋瞬間愣住。他說誰和誰要去游泳池？

丸大概沒注意到我的疑惑吧，他再度說道。

「真是的，你這傢伙居然在不知不覺間對女生感興趣了。」

「咦，你在講什麼啊？」

「問我講什麼……不就是綾瀨與你要和奈良坂去游泳池玩的事嗎？」

「不，我第一次聽說。」

莫名其妙啊。

大概是我的困惑已經寫在臉上了吧，於是丸將他透過棒球社朋友聽來的消息告訴我。根據他的說法，奈良坂同學計畫找幾個人一起去游泳池玩，成員有男有女，名單還有綾瀨沙季與淺村悠太。

「沒找你嗎？」

「完全沒有。實際上，放暑假之後我就沒和奈良坂同學說上話啦。」

「唔。那麼，搞不好是接下來這幾天才要找你。」

「八月已經要結束了耶。」

「天氣還很熱，沒問題。」

「這麼說……也是。」

不過，居然在我不知道的時候有這種計畫……應該說，我和奈良坂同學的來往，有到她會找我出去玩的地步嗎？我們應該連交談的次數都數得出來耶。雖然我知道奈良坂真綾這個人社交能力強又積極，但是這比我想像中的還要誇張。

不過，反正人家也還沒決定要找我吧？畢竟這是輾轉傳來的情報嘛。

我們聊著聊著，已經到了隊伍前頭。

兩人結完帳之後，我和丸沿著來時路回到車站前，走進我打工那家書店附近的咖啡廳。

我和丸都點了冰咖啡。

丸另外點了個相當大的總匯三明治，不愧是運動社團的，真能吃。

咖啡價格雖然幾乎比速食店貴上一倍，但是能夠坐在舒服的椅子上悠哉放鬆，這項好處無可取代。雖說是咖啡廳，不過也只是比速食店來得稍微時髦一點的量產型咖啡廳罷了。常客會用些怎麼聽都是咒文的詭異詞彙點餐，我們則採用低調而普通的方式。

不過嘛，和那些比平民價多出一位數的本格咖啡店相比，這間店倒是顯得經濟實惠，很適合高中生。

我曾經在澀谷車站附近沒先看外頭亮出的菜單就踏入某間店，知曉價格之後連一杯都沒喝就掃興而歸。那樣實在是太丟臉了。區區一杯綜合咖啡就要價四位數，對於高中生來說門檻未免太高。

我和丸把托盤放到桌上，喘了口氣。

「不過，為什麼要買兩個啊？」

我看著裝著本次收穫的手提紙袋問道。

「那還用說，要分成實用和保存用。」

「原來如此。沒有要用來傳教嗎？」

「……你啊，明知故問是吧？你這人很壞喔，淺村。」

「雖然不懂，但是隱約猜得到。之前你就說過，自己有送禮的對象。」

有些人買看上眼的東西時會買不止一個，這種事我也知道。

但要說丸是那種寧願找朋友幫忙也要確實多弄一個來保存的人，卻又讓我覺得不太對勁。想必是有什麼不惜欠我人情也要弄到兩個的理由吧。

「其實，是人家拜託我的。」

「人家拜託的？」

「嗯，網路上的朋友。那位朋友說他雖然想要，但時間剛好不湊巧沒辦法買。於是，我就答應要買了送給他。」

「喔～」

我都不知道丸還有個這樣的朋友。

一問之下才曉得，他們是在公開聊天室談到喜歡什麼動畫時認識的。兩人意氣相投，甚至會在彼此興趣不重疊的範圍內互相贈送精品、傳教。

8月23日（星期日）

互相送禮，也就表示熟到會把自己的住址告訴對方吧。

即使如此，依舊只曉得彼此的暱稱或說網路上用的名字，這點也很符合現代人的交友風格。丸說，雖然從住址可知對方就住都內不遠處，但是從未見過面。

「不過，既然是同好，說不定會在線下會之類的場合碰上。或者該說，丸你看起來就像會主辦這種線下會的人。」

所謂的線下會，就是相對於「在線上相會」，也就是在現實中聚會的意思。

雖說在網路上隨時可見，不過人類依舊喜歡在現實碰面。丸有行動力也有企劃力，感覺一有念頭就會立刻實行。話雖如此，就算是週末丸依舊要練球，能夠實行的機會恐怕不多。

「這可不行。」

「為什麼？」

「這個嘛，我當然知道天底下並非都是那種貨色，不過依舊有些人會趁著舉辦線下會跑來搭訕異性。倘若不把名單縮小到只剩下值得信賴的人，很可能帶來麻煩。如果是我主辦，就會考慮這點。」

「從這點就看得出你很慎重啦。嗯？搭訕……該不會，對方是女的？」

「根據本人的說法是這樣。好像是大學生。」

「女大學生……大姊姊啊。」

瞬間，我腦中浮現讀賣前輩的臉。說到我認識的女大學生，大概也只有她了。明明還在讀高中，沒什麼和大學生認識的機會，我和丸卻都有認識的大學生，這倒也是個巧合。

不過嘛，以網路上的交流來說，對象是同齡恐怕還比較稀奇吧。

「從她的發言裡，能感受到她是個很有智慧的人。而且知識豐富，不像我這麼偏頗，和她交談相當有收穫。另外，她不管面對誰都以正面的態度相待，很容易聊起來。」

「喔～這麼說來，想和她親近的人應該也不少……所以才這麼謹慎啊。」

「嗯。對方在網路上也很受歡迎。」

原來如此，要是舉行什麼線下會，大概會有很多人想來搭訕吧。

「真虧你有辦法發展成互送精品的交情呢。」

「嗯，算是偶然吧。唉，改天有機會再告訴你。」

「那我可要洗耳恭聽。所以呢，丸你喜歡上人家啦？」

8月23日（星期日）

大概是沒料到我會說這種話吧，丸顯得有點狼狽。

「呃……倒也沒有……」

喔，罕見的反應。唉，這傢伙平常老是拿同樣的話題戳我，偶爾也要回敬一下才行。

「真的嗎？」

雖然我很想追究下去，不過丸好像真的害羞了，講話結結巴巴語焉不詳，最後甚至說「我去一下廁所」後暫時離席。

沒想到丸啊……

這麼說來，丸之前講到的送禮對象，和這次送精品的對象，該不會是同一個人吧？就算是自認好友的我，對他也還有些不了解的部分呢——我後知後覺地想著這種理所當然的事。

我原本以為，他和我一樣是和戀愛無緣的人。

戀愛啊。我雖然喜歡愛情喜劇類型的小說，不過仔細一想，我向來不怎麼代入自己，總是以旁觀者的感覺閱讀。

我從來沒想過，自己會面臨那種戀愛喜劇般的情境。

不可能吧？這是現實耶。哪可能這麼巧認識可愛的女生進而來往啊……這個嘛，恰好父親再婚，又恰好再婚對象的女兒與自己同齡，並且因此同居，這種事倒還有點機會就是了。即使如此，對方也不見得──的確很可愛沒錯。從客觀角度看也是。

不，慢著，我剛剛到底是拿誰當對象設想的啊？

確實，綾瀨同學很可愛。但她是妹妹。

「淺村同學？」

沒錯，就像這樣，聲音也很可愛，不過妹妹就是妹妹──咦？

回頭一看，座位旁的通道上，有位明亮髮色的少女看著我的臉。

不是什麼幻覺，就是綾瀨同學。

「為什麼妳會在這裡……」

「因為這裡是離打工地點最近的咖啡廳。」

「啊……原來如此。」

沒什麼好不可思議的。既然打工地點一樣、排班時間也一樣，加上最適合打發時間的地方就是這間咖啡廳，那麼綾瀨同學出現在這裡的機率自然高。真要說起來，我也是基於相同理由才告訴丸要選這間咖啡廳。與其說是偶然，不如說接近必然。

不過，對我來說這是出乎意料，所以，我該講些什麼延續話題呢？

「那麼，我先走一步。」

「咦？」

空轉的思緒被強制重開機。回過神時，綾瀨同學的背影已在我面前遠去。露單肩的夏裝，加上顯得清爽的水藍色短褲。腰的位置好高啊，簡直就像模特兒。啊，今天難得穿運動鞋，是要配合衣服嗎？她踩著輕快的步伐離去，店門開了又關閉。

「抱歉，讓你久等啦。」

「咦？喔，丸啊。」

「我想到時間應該差不多了，所以連忙趕回來……淺村，剛剛和你講話的人是綾瀨對吧？」

時間？我看向店裡的時鐘，離打工開始的時間已經沒剩多久。這樣啊，所以綾瀨同學才會……

「你和綾瀨之間，果然有些什麼吧？」

「呃……倒也……」

如果在這裡堅稱「沒有什麼」，我就成了個大騙子。或許差不多可以老實告訴這

傢伙了。告訴他「我們只是因為父母結婚所以變成兄妹而已，沒發生你想像中的那種事喔」。

你想像中的那種事——是什麼？

到頭來，我終究還是利用趕時間這個藉口避免談下去，逃跑似的和丸道別。

就在這一刻，我選擇拖延時間，再也無法批判那些選擇息事寧人的大人。

我在最後一刻衝進辦公室。

換好制服、圍上圍裙，確認胸前別上名牌之後，我踏出更衣室，正巧碰上綾瀨同學和讀賣前輩走出來。

「喲，後輩！今天也多指教嘍！」

「請多指教，讀賣前輩。」

「淺村先生，請多指教。」

「唔、嗯。請多指教，綾瀨小姐。」

有點不知所措。咖啡廳的不期而遇影響仍在。

「今天排班的似乎只有我們喔。」

讀賣前輩說道。

8月23日（星期日）

換句話說，這個時段兼職人員只有三個。

「好像有點少。」

「是啊。不過嘛，應該沒問題吧。因為沙季有兩人份的戰力。」

「前輩抬高門檻會讓人很為難。」

儘管嘴上如此謙虛，開始工作之後，綾瀨同學的效率依舊出類拔萃。認真、動作快，新知也會積極學習，已經不輸我了。

她做得很徹底。

雖然髮色依然是金色，卻會在工作時拿掉耳環。

這年頭應該不至於只因為外表就遭人鄙視，不過在男女老幼都會上門的書店，難保不會碰上什麼投訴。綾瀨同學應該不在意人家怎麼批評自己，但是她不想給店裡添麻煩。

指甲油也用比較不顯眼的淡色系，沒有多做裝飾。因為站櫃檯在顧客面前包書套時，手指容易吸引目光。儘管只要做得完美應該就不會有人抱怨，不過綾瀨同學是第一次接觸書店業務，一開始就連拆掉書的封膜都顯得笨手笨腳。

工作做不好的新人，要是外型過於顯眼，容易引來投訴。

綾瀨同學在風險管理方面的慎重，遠超乎我的想像。

而且，她認真到即使在開了空調的店裡依舊會滿頭大汗。

排班兼職人員會將休息時間錯開。在兼職人員只有三人的情況下，要是三人同時休息，一旦出什麼狀況可能無法應對顧客，結帳也會缺乏人手。

過了差不多兩小時，由綾瀨同學先休息。

時間不長，大約十分鐘。排全天班時，中間會有約一小時的休息。不過，今天是僅僅半天的晚班，從晚上六點到晚上十點，所以只有短休。

「那麼，我先休息了。」

「好。沙季，辛苦啦～好好休息吧。」

「我十分鐘後就回來。」

綾瀨同學很有禮貌地對讀賣前輩這麼回答後，走向辦公室。

「嗯……」

「怎麼了嗎？」

目送綾瀨同學背影離去的讀賣前輩，陷入沉思。

收銀台有正職人員駐守，結帳隊伍也正好告一段落。恐怕是大家都去找地方吃晚飯

了吧。

讀賣前輩向我擺擺手，「過來一下」的意思。

「什麼事？」

讀賣前輩把我叫進收銀台後方。

她悄聲說道。

「沒有啦，關於沙季季的事。」

「那什麼暱稱啊？」

「喔，大哥不高興啊？」

「剛才還叫人家沙季、正式場合又叫人家綾瀨小姐，變來變去的耶。」

「我要趁這個機會確定下來。沙季、沙季妹妹、小沙……哪個好？」

「呃，拿這些逼問我也沒用啊。叫綾瀨小姐就好。」

「那麼，就喊她沙季。」

到頭來，還是回到一開始的稱呼了。

不過嘛，反正喊的人是前輩，無所謂。總不會想要我跟著喊吧？

「所以呢，綾瀨小姐怎麼樣了？」

「嘖。」

「麻煩不要故意給這種反應。」

「我是認真的。」

「實在不像。」

「妹妹她啊，有點認真過度啦～」

「啊？」

這有什麼問題嗎？

「啊，別誤會。她既認真又勤奮，學得也很快，做事細心而完美，是個超級優秀的員工。」

「不過人家只是個打工的。」

「你啊，不要岔開話題！不過啊，對於做不到的部分，她有點自責過度了。」

我恍然大悟。

讀賣前輩解釋之前，先強調這些是她觀察後的感想。

讀賣前輩認為，綾瀨同學攬了太多責任到身上。雖然這點是優秀人物的特徵，但總是往前邁進毫不懈怠的她，在事情不順而停下腳步的瞬間，往往心志會因此受挫。

8月23日（星期日）

前輩表示，自己在大學有個出現心理障礙的熟人，和綾瀨同學很像。

「她也很優秀，據說從小學開始做什麼都是第一。當然，不是只有才能，還為此拚命努力到現在。然後呢，上了大學之後，她第一次跌了跤。」

這種事很常見——周圍的人應該都這麼想吧。

「人啊，總會有一兩件事怎麼樣都做不來。畢竟是凡人嘛。不過，她自己不這麼認為，而且無法原諒做不到的自己。明明做得到，一定是錯在自己偷懶——她如此苛責自己。」

「那麼……後來她怎麼樣了？」

「回故鄉了，好像是四國吧。在那之後……我就不知道她怎麼樣嘍～只要能打起精神我就很開心啦～」

這麼關心一個交情沒多好的同班同學，其實讀賣前輩也是個體貼過頭的人吧……我心裡這麼想，但是沒有說出口。

然後呢，根據讀賣前輩的說法，這種容易自責的人，特徵就是無法隨便、無法讓心靈放鬆，總是緊繃、容易累積壓力——的樣子。

換句話說，就是「自己沒辦法停下來」。

這麼一來，遲早會將心靈磨耗殆盡。若要強迫這種不奔跑就會死的人停下來，有時候非得阻止此人做自己想做的事不可。

有時正因為尊重對方，才不得不妨礙對方的自由意志。

聽到這番話，我想起之前綾瀨同學思考爆衝完全不肯聽我說話的事。那時候，我是強迫她停下腳步把我的話聽進去。雖然我是一時情急，完全沒多想。

講得好聽一點叫做「總是全力以赴」，不過……

「因為『全部都很重要』，其實和『什麼都不重要』很像呀～」

「讀賣前輩，妳居然是說『很像』而不是說『一樣』呢。」

「因為也有人真的把每一件事都看得很重要嘛，這世上還是有天才喔。不過，大多數的人都是普通人，手上根本放不了多少東西，不需要把每一樣都撈進手裡。」

「原來如此，上了一課。」

「所以，應該為了真正重要的東西保留力氣。需要放輕鬆。懂嗎？」

「嗯。也就是叫那些不肯休息的人去休息對吧。」

「就是這樣！不愧是後輩。所以說，我的休息時間應該可以延長一點吧？」

讀賣前輩臉不紅氣不喘地這麼說，同時合掌比出拜託的手勢。

8月23日（星期日）

從正經話題順勢扯到了偷懶。

「什麼叫『所以說』啊……看樣子，前輩妳有事對吧？」

「要是等到下班店就要關了啦。那間店來回要花十五分鐘啊～」

我嘆了口氣。這人真是……

「知道啦。我把休息時間讓給妳，妳就去買那個不知道是什麼的東西吧。」

「後輩，嘿～」

「免了啦，誰要和妳擊掌。」

「反應真冷淡耶。」

「就說了我跟不上妳變化的速度啦。」

讀賣前輩帶給我一種嶄新的思考方向，我原本還感到很佩服的。正當我覺得她很成熟時，卻在最後來這套。把前面的好印象全糟蹋了。

「唉呀，如果你真的很重視妹妹，或許再深入一點會比較好喔。」

說著，讀賣前輩便走回收銀台。

「正因為重視才要深入，是嗎？」

也就是說，方才那些話有一部分是認真的？

前輩真是個難以捉摸的人啊……

今天不知是第幾個熱帶夜了。直到打工時間結束，氣溫還是沒有下降。

回程，我依舊推著自行車走在靠車道的一側。和綾瀨同學在夜路上同行的我，思考著讀賣前輩說的那些話。

這一個月，綾瀨同學工作得很賣力。

這是為了存將來自立生活的資金吧。一方面也是因為我想不出能在短時間內賺大錢的辦法，她才會選擇到便於向身邊人學習工作技能的書店打工。這倒是能夠理解。

只不過，就像老爸說過的，這一個月我完全沒見到綾瀨同學遊玩。

從丸那邊聽來的消息也令人在意。

——也就是叫那些不肯休息的人去休息對吧。

嗯。試著問問看吧……

「綾瀨同學，奈良坂同學是不是有找妳去游泳池玩……？就是原本應該還會找我去的那個。」

「……真綾直接聯絡你了嗎？」

8月23日（星期日）

她立刻皺起眉頭反問。看樣子奈良坂同學找她去游泳池似乎是真的。

「我沒接到聯絡。畢竟奈良坂同學不知道我的聯絡方式嘛。」

「那你為什麼會提起這件事？」

顯然讓人家懷疑了。

「只是人家告訴我有這種計畫而已。我原本也不知道。」

我向她解釋，自己只是輾轉透過朋友聽到奈良坂同學計畫邀友人去游泳池玩一事而已。

「淺村同學你想去嗎？」

那一瞬間，這句話聽起來就像是在問我想不想和她一起去。但我馬上就否定了這點，她應該是單純問我是否對游泳池有興趣。

綾瀨同學會問這種問題的時候，通常就是字面上的意思。因為她不喜歡講話曖昧不清引人誤會。她就只是以平淡的語氣，問我是不是想去而已。所以，我也該把當下腦中浮現的答案照實說出口吧。

「老實說，和一群陽光的人去泳池會讓我覺得格格不入，讓我有點怕。」

在回答的同時，我感覺到臉上浮現苦笑。

瞬間，綾瀨同學的臉在路燈照耀之下似乎閃過一抹寂寞。不過，她很快就恢復了原先的表情。

「這樣啊。那就不要勉強參加了吧。」

這種可用冷淡形容的口吻，讓我覺得有些不對勁。難以估量出於怎樣的感情。既像是生氣，又像是寂寞，不知為何也像是鬆了口氣。

「妳不去嗎？我說游泳池。」

我問。

「不去。」

綾瀨同學回答。

「為什麼？」

「…………」

我試著詢問，綾瀨同學卻只是沉默不語，沒有回應。路上不斷有車駛過，說不定她沒聽到。但如果是聽到了還保持沉默，追問下去或許會惹人家生氣。

只不過，有股異樣感縈繞心頭。

——不去。

8月23日（星期日）

綾瀨同學究竟是基於怎樣的感情說出這句話呢？

公寓的燈火出現在馬路彼端。我要把自行車停到停車場，所以讓綾瀨同學先一步回家。從獨自去停車到打開自家門這段時間，我一直在思考綾瀨同學的事。

8月24日（星期一）

早晨，我起床後走到起居室，沒有人在。

我知道老爸和亞季子小姐不在。老爸已經出門上班，亞季子小姐則還沒回來。她有先通知我們，說自己會晚歸（在這種情況下，應該說是晨歸？）

不過，平常這時間應該已經起床的綾瀨同學也沒出現。在自己房間嗎？可是，今天沒那麼熱，起居室還算涼快……

嗯？涼快？

這時候我才注意到，起居室的室溫不高。

空調很順利地吹出冷風。已經修好了。我昨天很晚才到家，連晚飯都沒吃就窩進自己房間，所以沒注意到，看樣子是白天就找業者過來修好了。老爸他們本來應該打算出門購物才對，或許是以修冷氣為優先吧。

之所以開著沒關，大概是曉得我馬上就會起床吧。

我看向餐桌。早飯已經擺在桌上。

心想「該不會……」的我拿出手機確認，LINE有綾瀨同學的留言。

『早餐準備好了，你就吃吧。我已經先吃了。』

這也就是說，綾瀨同學已經起床了。

大概是窩回自己房間了吧。念書嗎？還是整理房間？

我用LINE回了感謝的話語，然後坐到平常坐的位置上。

「今天早上是和食啊。」

放魚的藍色盤子裡盛著烤鮭魚，盤子角落還有堆成小山的蘿蔔泥，以及兩顆醃梅子。旁邊的盤子擺了一片調味海苔。另外有個大盤子裝著沙拉。就像旅館提供的早餐。

和往常一樣令人感激。

確認完菜單之後，我拿著空飯碗與空湯碗站起身。趁著加熱味噌湯時，我將保溫的飯盛進碗裡。接著我在湯沸騰前關掉開關，盛好味噌湯，重新回到座位。

「我開動了。」

雙手合十說完這句話之後，我開始吃起綾瀨同學準備的早餐。

把醬油淋在蘿蔔泥上，接著夾起一小撮放上鮭魚，然後以筷子分出一小塊鮭魚配著蘿蔔泥送進嘴裡。

一咬之下，魚的香甜與蘿蔔的辛辣在嘴裡融合，於舌頭上擴散。

魚也很好吃呢，和肉相比別有一番風味，蘿蔔泥更讓口感變得清爽。來幾碗白飯都吃得下。

想著「單純的和食也不錯呢」的我，將手伸向味噌湯。今天早上的味噌湯是放滑菇。我品嚐著滑菇裹上味噌的滑順口感，讓料混著湯一點一點地流進肚裡。

綾瀨同學今天的味噌湯依舊好喝。

儘管我每次都會考慮用ＬＩＮＥ傳個感想過去，卻又想到三不五時傳這種訊息可能會讓人覺得噁心，所以到目前為止，除非能夠現場說出口，否則我不會特別告訴她。

因此，我在心中悄悄地送上自己的謝意與感想。

謝謝妳總是做這麼好喝的味噌湯，綾瀨同學。

吃完飯、洗完餐具、收拾完桌面後，在打工前還有段空檔。我稍事思考，接著打量起居室，最後決定打掃一下。

我將餐桌上的料理用保鮮膜包好，避免沾上灰塵。雖然也考慮過放冰箱，但是亞季子小姐應該差不多要回來了，我想這麼做總比讓烤魚冰過頭來得好。如果她說不想吃再收無妨。

打掃的基本原則是由上而下，因為灰塵會往下落。把能擦拭的地方擦完、用掃帚掃過地板之後，我便拿木質地板用的拖把拖地。一旦做起已經習慣的瑣事，用不上的腦袋就會想些有的沒的。

好比說，綾瀨同學最近實在有點怪。

仔細一想，應該是從那時候起。兩天前。

『如果是真綾，不用在意。我們不是那種暑假會一起出去玩的關係，你不用想太多。』

無論怎麼想，這種話都不需要特地跑來我房間說。

綾瀨同學會做這種缺乏邏輯的事嗎？

「嗯……」

我停下動作，下巴靠在拖把握柄上。

我想起另一件事。

根據丸的說法，奈良坂同學的泳池計畫似乎也將我包含在內。但是，目前還沒人找上我。應該說，奈良坂同學身邊的人沒有一個知道我的聯絡方式，這也是理所當然吧。

想找也找不到。

這麼一來，奈良坂同學會怎麼做？我想，應該會在告訴綾瀨同學時，要她順便找我一起去才對。

綾瀨同學本人聽到之後，因為自己不想去而不去，並不會不自然。但是，她將邀約的事瞞著我就不自然了。

我試著思考自己處於她的立場會怎麼做。好比說，如果丸有同樣的計畫，要我也找綾瀨同學一起去呢？這個嘛，如果換成我，就算自己不去，姑且還是會和綾瀨同學說一聲吧。告訴她「丸這麼告訴我，要找妳一起去玩」。

要不然，就變成我擅自奪走綾瀨同學享受愉快時光的機會。

這種行動，一點都不符合我和她之間的公平關係。

為什麼綾瀨同學要瞞著我呢？不太對勁——此時我才發現，自己光顧著思考，手已經完全停下來了。

「不行不行。」

我繼續打掃起居室，腦中卻還是在想綾瀨同學行為的不自然之處。就這樣拖完地之後，玄關方向突然傳來開門聲，一臉睡意的亞季子小姐搖搖晃晃地回到家裡。

8月24日（星期一）

「啊……悠太。好安。」

「妳回來啦。早安，要吃點東西嗎？」

「嗯……我吃個冰就睡。」

上完夜班的她，半閉著眼這麼說。

我打開冷凍庫，從堆滿的（因為亞季子小姐喜歡，所以我家冷凍庫裡塞滿了老爸買的各種冰）冰裡拿了一支給她。草莓口味的冰棒。

「這麼說來，冷氣昨天就修好了呢。」

「嗯……啊～對啊。後來太一馬上就找業者過來……」

她大概很想睡覺吧，講話斷斷續續的。

亞季子小姐坐在椅子上一邊舔著冰棒一邊告訴我，冷氣故障似乎是濾網髒了。笨手笨腳的老爸原本想自己修，卻把事情弄得更糟，業者漂亮地解決了問題。

臭老爸，都怪他想在亞季子小姐面前逞英雄。

亞季子小姐則是若無其事地說道：

「不過，前一天還沒事的冷氣突然就壞了，機械還真難呢～」

聽到這句話，我的心臟猛然跳了一下。

前一天還沒事——突然就壞了。這句話，和讀賣前輩那番「認真的人會突然出狀況」連在一起，卡在我心頭。

或許不止機械，人類也一樣。

——認真過度，自己沒辦法停下來。

說不定某天會突然崩潰。有讓她停下腳步的必要，為此得有人出面指正……嗎？

只不過，她能接受到什麼程度呢？

「如果強行阻止綾瀨同學做自己想做的事，應該會讓她討厭吧？」

必須更了解綾瀨同學的性格才行。這麼想的我，開口問她的母親亞季子小姐。聽到我這個問題，亞季子小姐暫停舔冰棒，盯著半空中思索了一會兒。

「嗯～？意思是，你想知道她會不會討厭人家來硬的？」

「來、來硬的——」

啊……唉，也有一部分算是吧。

只不過，聽起來總覺得哪裡不太對勁。

「問是不是來硬的……呃，舉例來說，像是擅自訂立計畫找她出去玩之類的，嗯，差不多是這樣吧。」

「你的意思是，她會不會喜歡人家用強硬的方式約她出去玩？這個嘛，以她的性格來說，多半不喜歡人家這麼做。不過，我覺得很多女生都希望對方按部就班地來吧？」

「不喜歡……果然還是會有這種反應吧。」

我也認為，綾瀨同學的性格就和亞季子小姐說的一樣。既然如此，要怎麼做才能阻止她呢……

「嗯，你想約她出去？該不會悠太你……喜歡上她了吧？」

突然冒出這麼一句話，讓我的腦袋瞬間停擺。

啊？呃，剛剛講了什麼？我連忙回想剛剛和亞季子小姐交談的內容。我慌了。難不成我讓亞季子小姐誤會了？

「不、不是啦！我不是這個意思，和什麼男女感情無關。我是覺得，綾瀨同學很容易勉強自己。」

必須解釋清楚才行。我將昨天和讀賣前輩聊的那些告訴亞季子小姐。交代得清清楚楚。

亞季子小姐露出心領神會的笑容。看樣子她明白了。我鬆了口氣。

「原來是這樣啊。我還以為，悠太你把沙季當成戀愛對象了。」

「這種事——」

哪有可能啊。

因為，她是妹妹。妹妹喔。不應該。不可能。

「是啊，沙季確實有這種傾向。」

聽到亞季子小姐輕聲這麼說，讓我愣了一下。

「差不多在她上中學的時候，我變得非常忙，但是沙季很體恤我，想要盡可能減少我的負擔——沒錯，她變得很可靠。遠比實際年齡來得可靠。」

「的確……看起來是這樣。」

「嗯。雖然看起來是好事，不過一想到是因為我沒辦法把心力放在她身上就……你懂吧？於是我開始反省自己。是不是把她的體貼看得太理所當然了？我希望可以讓沙季多當一陣子任性的小孩。」

多當一陣子小孩。

亞季子小姐這句話刺進我心裡。我想起照片上的綾瀨同學。那個撒嬌要吃冰、吵著要去泳池的綾瀨同學。可是，她強迫自己結束這樣的小孩時期，決定要過不依賴任何人的獨立生活。

一開始，應該是想減少母親的負擔吧。雖然現在可能已經不止如此。

一聲「悠太」傳來，我抬起頭。亞季子小姐以認真的眼神看著我。

「這種事，或許不該拜託身為繼子的你，但是我希望你可以讓沙季適度放鬆，不要讓她太過緊繃。如果本人不肯，像剛剛講的那樣強硬一點也無妨。」

對於亞季子小姐的請求，我稍微猶豫了一下，最後依舊堅定地點頭。

一直以來，我都極力避免介入別人的事。因為別人的人生我無法負責，更不想負責，我自己也不願讓人介入。我可不想建立那種給彼此添麻煩的關係。

第一次和綾瀨同學見面時她說的話——

『我對你沒有任何期待，所以希望你也別對我有任何期待。』

會讓我感到安心，也是因為這樣。若要建立一段不至於太過接近、讓彼此都輕鬆的人際關係，我認為這麼做最好。

不過，如果這樣下去會讓綾瀨同學崩潰，我就不能坐視不管。

即使會被她討厭也一樣。

「放心。如果沙季討厭你，我就把她最喜歡的東西告訴你。」

「最喜歡的東西……呃，這樣就能討她歡心嗎？」

8月24日（星期一）

「那當然！」

亞季子小姐展露笑容。她笑得十分燦爛。我倒是很懷疑世上會有這麼便利的處方箋。儘管如此，我還是對亞季子小姐說「那就拜託了」。

我終究還是不想被綾瀨同學討厭。

畢竟她是和我住在一起的妹妹嘛。

起居室裡，只聽得到空調設備的穩定聲響。

亞季子小姐應該相當累了吧，她說了句「多謝款待」，將冰棒剩下的那根棒子扔進水槽的三角瀝水籃，隨即搖搖晃晃地走向寢室。希望不要跌倒。辛苦了。晚安。那麼……

我將她最後還是沒吃的烤魚放進冰箱，然後走向綾瀨同學的房間，敲了敲門等待回應。

「什麼事？」

從門縫能看見一小部分綾瀨同學的書桌。教科書與筆記本攤開，手裡的耳機應該是剛剛拿下來的吧。今天不是耳塞式，而是將整個耳朵都蓋住的那種。大概是一邊聽低傳真嘻哈一邊念書吧？空調開著，比起居室稍微涼快一點。亞季子小姐好像說過她怕熱。

「那個啊，關於奈良坂同學找人去游泳池玩的事……」

「我不去。」

話還沒說完，她就回應了。看見我一時語塞，她才辯解似的補充說明。

「因為沒時間分心在泳池上。」

我就猜是這樣。

綾瀨同學絕對不是要惹我生氣。在她眼裡，拿時間去玩樂就等於「逃避」。她沒有「人也需要喘口氣」的念頭。這讓我想到某個老套的形容方式——她的心志宛如青竹般耿直。

於是我想了一下。光是正面進攻，恐怕只會讓綾瀨同學逞強。於是我嘆口氣後說道：

「好吧，那也沒關係。不過我後來改變主意打算參加了。所以，呃，可不可以告訴我奈良坂同學的聯絡方式？」

我自己先表現出放鬆的樣子，好讓綾瀨同學也舒緩一下緊繃的心態。計畫就是這樣。

8月24日（星期一）

原本看著其他地方的綾瀨同學，立刻將目光轉向我。

「不要。」

「咦……?那個……」

我吃了一驚。沒想到她會否定得這麼堅決。

綾瀨同學討厭不合邏輯、只順從情感的言行，所以我沒想過她會拒絕告訴我奈良坂同學的聯絡方式。何況奈良坂同學想聯絡我應該是真的。

只不過，說「不要」的綾瀨同學本人，似乎也對自己的回答感到驚訝。

「呃，不是這個意思。隨便把別人的聯絡方式說出來，那個，不太禮貌……」

「啊……」

原來如此，這倒是真的。很合理。個人資料必須好好保護嘛。在這方面，綾瀨同學果然做得很確實呢。

當時我老實地這麼想，也接受了這個答案。

「我問問真綾。先等她的回應。」

「了解。」

大概是用ＬＩＮＥ或簡訊問吧，若是這樣應該不用多少時間。她說了要念書，於是我決定先離開。反正傍晚打工時還會碰面。我關上門，回到自己房間。

實際上，我並不認為能否將她拉去泳池有那麼重要。現在的綾瀨同學，將眼前的課業和打工當成一座不可動搖的高山。會有這種想法，恐怕她的心理壓力相當大。

事情本質不在於去不去泳池。希望她能在崩潰前喘口氣——我想的僅此而已。

在打工地點碰面時再問問看吧。

到了下午，我踏出家門。

我騎著自行車，劃開滾燙混凝土冒出的悶熱空氣向前行。這是坡道偏多的起伏路段，以距離來看有數個車站遠。我將礦泉水瓶插進背包與車籃之間的空隙以便取出，預防中暑的措施準備萬全。

儘管汗流浹背讓人不舒服地皺眉，我依舊不討厭這段移動時間。

因為大學生放暑假而充滿活力的表參道上，有一棟彷彿蓋錯地方的老派建築。

以應屆考上東大為號召的知名補習班。

我停好自行車踏入這棟建築，頓時有種鬆口氣的感覺。和澀谷、表參道這些滿是派對咖的地方相比，還是這種一本正經的空間來得適合我。補習班附近有蔚為年輕人話題

8月24日（星期一）

的服裝店，以及感覺會出現在ＩＧ上的鬆餅店，此刻能看見一條疑似由女大學生組成的隊伍。

走進教室後，我會盡可能挑選角落的位置。和學校的教室不同，補習班沒有固定座位，但只要位置空著，我依舊每次都會坐在同一個地方，這大概就是人類的習性吧。

順帶一提，我不是這間補習班的學生，只是來參加暑假限定的暑期班而已。

絕大多數的其他學生似乎也是這樣，沒什麼人和親朋好友閒聊，大家都攤開參考書默默面對自己的作業。

我就讀的水星高中雖說是升學為重，卻沒認真到這種地步。從這點看來，一個地方的氣氛是拘束還是放鬆，與其說是因為成績或性格，恐怕人際關係造成的影響還比較大。

學生的外表也都是黑髮、沒有過度裝飾、沒有化妝、沒有特別解開鈕釦。大多是一般會當成「正經」的那類人。大家盯著參考書的眼神，犀利程度也和校內見到的學生截然不同。

就像綾瀨同學一樣。

——我沒來由地這麼想。

儘管穿著、髮色等外表的部分幾乎完全不同，積極的態度與眼裡的認真卻十分接近。

卯足全力，而且不留餘力。

我只打算在能力範圍之內盡量拿高分，考進還算不錯的大學就好。他們和我不同，那是戰士的眼神。

只不過我總覺得，就算比較的對象換成他們，綾瀨同學那種逼迫自己的方式依舊超乎常軌。畢竟她同時也追求經濟自立，所以像這樣沒有花錢參加暑期班而是自學。大多數考生如果強調是自學，大概會被人家笑自找麻煩、個性扭曲，不過實際上她幾乎每一科都拿下好成績，那些冷笑的人也只能閉嘴。

到上個月為止還是弱點的現代文，如今她也已經大致克服，漸漸成了一個毫無破綻的考生。

……唉，沒有她那麼努力的我，只要像這樣腳踏實地向人求教，一點一滴地升級就行了吧。無論做什麼事都要曉得自己有多少分量。

「那、那個……」

「咦？啊，是。有什麼事嗎？」

8月24日（星期一）

有人輕聲呼喚，我愣了一下才回應。其他學生跑來搭話，還是參加暑期班以來第一次，因此一時之間沒注意到人家是在對我說話。

聲音來自坐在旁邊的女生。雖然不是每次都相鄰，但我確實常見到她坐在不遠處。這個女生的五官、髮型、穿著都沒什麼奇特之處，給人不太起眼的感覺，不過她有一項容易讓人記住的特徵。

那就是身高。

可能有一百八十公分吧，比我還高出一個頭，光是站在眼前就會有股奇妙的壓迫感。

她的聲音聽起來沒什麼自信，和身高不太相稱。

「有東西掉了。」

「啊、喔，謝謝妳。」

大概是攤開參考書的時候掉出來的吧，有張眼熟的書籤落在地上。

我邊道謝邊撿起書籤，隨即和盯著書籤看的她對上眼。

「夏季活動的書籤。是在站前書店拿到的對吧？」

「呃，嗯，是啊。」

我沒說自己在那裡打工。不能隨便將個人資料告訴初次見面的人。

「我、我也常常去那裡。真巧呢。」

「如果生活圈在這一帶，要買書多半會去那裡吧。」

「的確。啊哈哈。」

高個子女生輕笑出聲。

對話就此結束。她似乎沒有特別想和我聊什麼，只是出於好心提醒一下，接著又因為找到共通話題所以自然提起書店而已。沒有什麼特別的意義，只是日常對話。

我瞄了一眼此刻盯著桌面的她，有種難以釋懷的感覺。

……來過這樣的客人嗎？

既然同樣是高中生，生活作息應該差不多，但是我不記得有在收銀台見過她。既然個子高得可以和模特兒相比，應該不容易忘記才對。

不過，我又不是隨時都在打工，她也不見得像她自己說的一樣那麼常去書店，錯過的可能性很高。我得到這個答案之後，隨即把目光轉回自己的桌面。

今天和平常的暑期班，大概就只有這點差異。我沒有再和那個女生交談，只是非常普通地度過這段時光。

8月24日（星期一）

就這樣從下午到傍晚，我一直專心地聽課、念書。

最後一節上完後，我確認時鐘，離晚班打工還有將近四十分。如果騎自行車，只要十分鐘就能趕到打工地點。當然，我選補習班時就是看上這點。

我將參考書收進背包，快步走出補習班，到停車場打開自行車的鎖，準備騎車離去。暑假期間我經常這麼做，已經半成為例行公事了，所以這種時候我幾乎不需要用腦。

然而，出了些和平常不太一樣的狀況。

「咦？」

我不禁眨眼。

就在呆呆地踩著自行車踏板的我眼前，緊鄰補習班的地點——那家在女性之間蔚為話題的鬆餅店，室外席坐了個非常眼熟的人。

以時髦髮箍理順的黑色長髮，輕輕裹著肌膚的柔順上衣與格子裙。這名裝扮看似清純千金小姐的女性，毫無疑問就是打工地點的可靠前輩，讀賣栞前輩。

和她待在一起的，應該是大學的友人吧？她和三名女性坐在室外四人席，一邊優雅地用叉子切開鬆餅，一邊認真地討論。

距離很近，加上她們的音量不小，所以連我這邊都聽得到談話內容。

其中兩位好像是和讀賣前輩年齡相近的大學生。另一位女性的穿著有種截然不同的風範，散發出成熟氣息。

相較於大學生們那身有季節感的輕便服裝，那位富有知性氣息的女子，卻在盛夏時節隨興地穿著針織罩衫，品評似的打量讀賣前輩她們。

「好啦，誰能反駁？和自然科學相較之下，我們人文科學被稱為對社會沒有貢獻的虛學，存在價值遭到質疑。照這樣下去，妳們的研究會失去正當性喔。」

女大學生們裹足不前，露出微妙的表情彼此互看，提不出自己想要的答案。

知性女子掛著遊刃有餘的微笑，優雅地將面前鬆餅切下一塊，送入口中。

儘管這顯然不是該在熱門鬆餅店聊的話題，但其他客人大概是因為實在太難懂所以乾脆不去理會吧？她們意外地並未顯得格格不入，反倒是自然而然地成了環境之中的一分子。

就在這片異樣的氣氛裡，有個人勇敢地開了口。

正是讀賣前輩。

「如果將自然科學定義為『透過實驗找出具有重現性的法則』，那麼以科學技術發展這點來說，對於人類社會的貢獻便是自然科學比較高——既然此事為真，從否定自然科學的觀點出發就無法徹底駁倒對方。」

「聰明。為了反駁而扭曲真實並非好招，看來妳已經明白這點了。」

「是的。即使承認這點，人文科學的研究仍然有其意義。」

「怎樣的意義？文學和史實的研究不過是在玩。把國家的寶貴研究資源分給這些沒用的學問不太好吧？」

「要解答『人類當如何』這個根本性的問題，分析祖先走過怎樣的歷史，乃是不可或缺的一環。」

「真的是這樣嗎？文學和歷史，都只是過去某人留下的紀錄罷了。就算弄清楚這些東西，也沒辦法掌握人類這種生物的普遍傾向吧？」

「知曉過去即可推知未來。解決現代的問題，不是也能從過去尋找線索嗎？」

「歷史會重演，是嗎？」

「是的。任何社會性抗爭的原因，都與過去一再重複的那些相似。從過去學習，不就能找出適合現代的答案了嗎？」

「喔，這可就沒辦法嘍，讀賣同學。」

「咦？」

「『歷史會重演』這句格言，只是過去某人的感想。過去幾乎不存在量化數據，再怎麼研究也無法證明事象的重現性喔。」

「唔……」

可能是被刺中弱點了吧，讀賣前輩無法回答。

知性女子舉起那隻還拿著鬆餅刀的手，很沒規矩地畫著圈。

「現代能夠透過數據觀測各種事象，取得、蒐集這些數據變得容易，使得過去無法證實的人類真相呼之欲出。未來人能從過去學到的東西固然多，不過那些對於現代人來說就是現在。若要從過去尋找解決課題的線索，就該先學習眼前的自然科學吧——反論呢？」

對於知性女子的傲慢論點，讀賣前輩立刻表示「有」。

「現代人的價值觀建立在連綿不斷延續至今的文化上。透過了解文學，可以了解歷史、了解宗教、了解風俗習慣，如果不能正確觀測達到現今狀態的過程，也就會有很多東西看不見。舉例來說，如果某個國家的歌手推出一支輕視他國宗教的音樂影片後遭到

8月24日（星期一）

憤怒群眾圍剿，有辦法透過自然科學找出產生這種反應的原因嗎？要怎麼做才能平息群眾的憤怒？能夠事先預測而準備應對方案嗎？若是研究人文科學的人，想來立刻就能提出好幾種假說。」

「嗯。相當具有攻擊性的反論，但是思路不壞。」

實際上，應該頗有說服力吧。知性女子第一次停下拿刀的手，思索了數秒。

不過相反地，也可以說只需要思考數秒。

她開了口。

「真要說起來，該怎麼樣證明憤怒的原因源自該國獨特的歷史與宗教呢？」

「咦？」

「憤怒真的是因為輕視文化所導致的嗎？說不定是影片音訊帶給人腦普遍性的不悅，也可能是影片的色調具有讓怒氣增幅的效果。」

「只要對於當事者進行調查或社會實驗，應該就能找出某種程度的關連性。」

「好，將軍。」

「咦……啊──」

聽到女子面帶微笑這麼說，讀賣前輩當場愣住，盤裡的鬆餅則在她面前被切走一

塊。

搶走別人甜點的女子就這麼吃了起來，那副天真無邪的模樣，實在難以想像會和她的知性外表搭在一起。

「妳剛剛的說法啊，實在沒辦法讓人文持喔。換句話說，妳等於是自己承認研讀過去的文學沒有意義，研究當下發生的事象比較重要……真是遺憾，多練習怎麼講歪理吧，讀賣同學。」

「嗚……」

被駁倒的讀賣前輩不甘心地抱頭。她拿起叉子往被搶走一塊的鬆餅戳，接著用力塞進嘴裡。咀嚼中鼓起的臉頰，看起來就像個鬧彆扭的小孩，讓旁觀的我打從心底嚇了一跳。

剛剛的問答也好、現在的模樣也罷，都和打工時看見的讀賣前輩截然不同。

她在我面前總是表現得遊刃有餘，看見這種戒慎恐懼進行議論與非常不甘心的樣子，感覺十分新鮮。

「工藤老師，為什麼妳能站在否定方的角度講這麼多啊？妳明明是人文學系的人耶。」

老。

讀賣前輩這麼問道。

看來這位知性女子似乎姓工藤。稱呼「老師」，代表她是教授……不，應該是副教授吧？以前讀過的書有提到，教授要年齡到一定程度才能當，這位女性看起來沒有那麼老。

「沒什麼，很簡單的。因為我知道真心話和場面話是兩回事。」

「原來如此……那麼，換成老師又會用怎樣的論點說明呢？」

「從『**虛學又怎樣？**』開始。」

「……咦？」

「人文科學確實是被定義為虛學的學問，但是『無法對人類有所貢獻』這個前提有反駁的餘地。敵人會主張『發展自然科學必然能為人類帶來幸福』，不過很遺憾的是，要討論『人的幸福』就必須先決定幸福的標準。畢竟正義和幸福並非全人類共通嘛。好比說，我認為像剛剛那樣將香甜鬆餅吃進嘴裡的一瞬間就是人生最幸福的時刻，不過全人類裡又會有百分之幾同意呢？」

「以生物來說，能夠留下後代不就是共通的幸福嗎？」

「妳認為不生小孩的人就是不幸嗎？」

「……的確。在這個年代，會這麼想的人並不多。」

「就是這樣。換言之所謂『人類的幸福』啦、『人類應當如何』啦之類的命題，其實非常曖昧。自然科學帶來的發展，到頭來也只能建立在這種不穩的根基上頭——有虛學才有實學，所以如果不想一起滅亡就乖乖接受我們的學問吧……我的答案差不多是這樣。」

「啊……這樣啊，原來是這種方向……」

「與他國交流這個著眼點不壞。如果接受虛學就是虛學，進而將論點轉為肯定虛學的方向，說不定就能駁倒對方。」

「上了一課……謝謝您的指導，工藤老師。」

讀賣前輩低頭致謝，然後深深地嘆了口氣。

「唉……果然完全不是對手啊～」

「不，讀賣同學很厲害耶。像我根本從一開始就跟不上。」

「對啊～」

「喂喂喂，妳們也有份吧？我都特地請妳們吃貴貴的鬆餅了，不絞盡腦汁陪我玩一下可不行喔。好啦，下一個討論主題是——」

「咦，連讀賣同學都贏不了，我們根本不可能啦～」

女大學生們慘叫出聲。

於是對話轉往新主題，大概是為了藏起方才的懊悔，讀賣前輩將目光從友人們身上移開。就在這時，偶然……不，從相對位置應該說是必然吧。她的目光正巧與路邊騎在自行車上的我碰著了。

不妙。

我不小心就一路聽了下去，不過冷靜一想，這只是單純的偷聽，實在說不上什麼有禮貌的行為。

不過讀賣前輩立刻將目光挪開，然後看向手錶，故意「啊」了一聲。

「抱歉，工藤老師。我差不多要去打工了。」

「嗯，慢走。鬆餅和飲料的錢不用在意。」

「多謝招待。」

她很有禮貌地低下頭，背起包包道別，然後慌慌張張地跑開。

從我眼前跑過去時，她瞄了我一眼。我察覺其中的無聲訊息，也踩起自行車。

在貓街上騎了數分鐘。到了已經看不見鬆餅店的位置後，我向讀賣前輩的背影喊

道。

「非常抱歉。」

「既然道歉，就代表認罪了對吧？」

「不是喔，這是誤會。只是剛好碰上而已。」

「真不曉得你這個罪犯算不算乾脆呢……不過，我也不覺得後輩你會跟蹤啦。」

「能夠得到您的信任真是太好了。」

「因為後輩你的腦袋很好，如果真的要跟蹤，應該會用更噁心的手法呀。」

「我一點也不想要這種信任……」

由於不想留下奇怪的嫌疑，我打開背包亮出裡頭的參考書。

「暑期班啦。那裡有個補習班。」

「啊～原來如此啊嗚。」

「喔，安心信賴的怪語尾。」

「原來如此，意思就是除了剛好碰上之外，還順便偷聽。」

「這……」

上當了。

彷彿遭到幹練刑警巧妙地套供，讓我不知該如何回答。此時，讀賣前輩「噗」一聲笑了出來。

「開玩笑啦、開玩笑。只是回敬一下而已，畢竟我丟臉的一面被你看見了嘛。好啦走吧。」

「啊，好。」

我連忙跳下自行車，推著車追上邁開步伐的讀賣前輩。

我偷瞄了身旁的讀賣前輩一眼。亮麗的黑髮、清新的服裝，日光照耀下，舉止楚楚動人的她進一步凸顯出那股深閨千金般的優雅。夏季的傍晚，幾乎和大白天差不多亮。上個月去電影院時是晚上所以沒注意到，在光亮之下，穿便服的前輩那股清純的千金小姐氣息增加好幾倍。

「不過，沒想到被駁倒時的不甘心樣會被看見。有損身為前輩的威嚴啊。」

「呃，倒也不會……」

我好不容易才把「一開始就感覺不到什麼威嚴」這句話給吞回去。

然而，為時已晚，我的語氣似乎已經表露無遺，讀賣前輩沒好氣地瞪著我。

我沒有一直坐在針氈上的興趣，所以轉移話題。

8月24日（星期一）

「話說回來，剛剛的人是？」

「你說工藤老師嗎？」

「對，就是她。」

「後輩你果然已經失去活力了呢。現場明明有三個女大學生，你卻比較在意成熟女性。」

「對人家的年齡指指點點好像不太禮貌。」

「如果都是女性就可以談論喔，後輩。」

這種口吻，該不會是學自那位工藤老師？這句話說出來搞不好會讓她鬧彆扭，所以我決定三緘其口。麻煩的種子別種下去才是聰明之舉。

「工藤老師是我們大學的副教授。從年齡應該猜得到吧？」

「是，多少猜得到。不過現在是暑假對吧？她居然還會像那樣和學生一起去鬆餅店啊？」

「老師偶爾會找我們去喔。雖然沒什麼人願意奉陪就是了。」

「意思是，讀賣前輩另當別論。真是個上進青年啊。」

「嗯～這種用詞。五十分。」

「不滿嗎？妳明明常用這種方式消遣我耶。」

「這種時候要說上進女青年吧。好歹我也是母的。」

「問題在這裡啊？」

看樣子她對於人家拿上進心來調侃沒什麼不滿。

「我在大學裡可是屬於認真念書的那一類喔。和我們平常聊天時不一樣，所以你可能無法想像。」

「我本來就知道妳很聰明，所以和我的印象倒也沒有很大的差別就是了……只是覺得『人外有人啊～』。」

「工藤老師她啊，看起來不食人間煙火對吧。」

「光是看到那一幕也不會清楚就是了。」

「她平常就是那種感覺。該說深不可測吧，常常不知道她在想什麼呢～」

「根本就是我眼裡的讀賣前輩嘛。」

難以捉摸，不知道心裡在想什麼的年長女性。知識量與思考的瞬間爆發力都比我強，總是覺得被對方耍得團團轉。說不定，當彼此有世代差距時，在對話途中會有這種感覺其實很常見。

當我也站上讀賣前輩所在的舞台時，是否會自然而然地了解這人言行之中的含意呢？

正當我想著這些時，讀賣前輩露骨地皺眉。

「咦～我才不要～」

「不要什麼？」

「後輩，你是準備將來有一天要打倒我嗎？」

「啊？」

我完全不懂怎麼會變成這樣，不由得發出怪聲。

「智慧和知識都不夠，讓我很不甘心。我總有一天要打倒她。」

「要用學問戰鬥啊？」

「我就是這樣享受學問的。意外嗎？」

「不，和我心中的形象一致。」

如果單看外表，會覺得她是個純粹喜歡讀書、認真向學求知的文學少女。然而她內在的對抗心態，卻幼稚到會讓人覺得是小學男生。

可以說，這樣才符合讀賣栞的風格。

「不過，像那樣認真議論感覺很累呢。」

「那還用說。隨時都要小心翼翼，避免論點崩潰，根本不能放鬆。再加上那位老師啊，只要論點存有一些些矛盾之處，馬上就會窮追猛打，在體力和精神上都會造成很大的消耗，其實我根本不想在打工前和她聊這些。」

「但是妳表現得相當積極耶。」

「要做就要全力以赴。不管再怎麼麻煩都一樣……不過嘛，我在適度地消耗之後就會適度地回復，所以沒問題～」

「回復？」

「藉由欺負你保持心靈健康呀。啊～和後輩聊天好輕鬆啊～」

「這只是高手在享受欺負初學者的樂趣吧？」

「唉呀～多謝你當老人家的靠背啦～」

她換成老太太的口吻，把手放到自行車的車籃上，裝出走路不穩的樣子。

「我說啊……」

我正想表示「別把人家當靠背行嗎」的時候，突然回過神來。

原來如此，綾瀨同學和讀賣前輩最大的差異就是這裡嗎？

8月24日（星期一）

穿過貓街抵達大馬路，打工的書店已近在眼前。結果，我完全沒動用自行車高速移動的特權，陪著讀賣前輩一路走過來。

想來無論那位工藤老師的邀約有多麻煩，她都不會拒絕，即使時機不巧也會盡可能參加議論吧。當然，這也和參加的好處很大有關，不過物理層面與精神層面的消耗都難以避免。

不過就算是這樣，她依舊能保持平衡，想必是因為她知道抵銷的方法。

在某種程度內尋我開心，我也能容許。

就算隨口講些不合邏輯的歪理，也能當成一段愉快的對話。

想來她就是透過活用這麼一個可以輕鬆相處又方便（正面含意）的對象，在認真的自己與不認真的自己之間加以調整吧。

如果綾瀨同學也有個這樣的對象，是不是就解決了呢？

「啊……」

正當我邊思考這些邊和讀賣前輩一同踏進書店時，正好碰上似乎剛到的綾瀨同學。

我當下心想，今天還真多偶然，不過我們三個排班都在同一個時段，要說是必然也沒錯。

「呀呵，沙季！」

「嗯……啊，是，妳好。你們一起來的啊？」

可能對於綾瀨同學而言，這次遭遇是出乎意料吧，她起先露出家裡那種冷淡的表情，要開口時才連忙換上友善的笑臉。在場表現得若無其事的人，只有讀賣前輩一個。

「恰巧在補習班附近碰上的。對吧，後輩？」

「呃……對，就是這樣。」

我回答時慢了一拍。

可能是因為剛剛都在想綾瀨同學的事吧，總覺得這場遭遇有點尷尬。明明什麼壞事都沒做，真是好笑。

恰巧嗎——綾瀨同學重複這個詞之後，微微一笑。

「以家人的立場來說，就算你們是那種關係，像讀賣小姐這麼出色的對象也能讓人放心。」

「咦～？沙季真會開玩笑呢～」

「都是多虧了前輩的教導。呵呵～」

綾瀨同學肩膀輕晃，笑得十分高雅。她的適應能力真是值得欽佩，已經漸漸習慣應

付讀賣前輩了。

可是有點不太對勁。

對他人之間未確定的關係加以猜測後出言挖苦，綾瀨同學之前做過這種事嗎？

綾瀨同學的異狀、游泳池的事等，我有好多話想說，在打工時間多次找機會要和她聊。

但是這天不知為什麼，不湊巧得難以置信。

一起站收銀台時，每當我手邊空下來，綾瀨同學就忙著結帳，我折書套她則會離開收銀台整理書櫃。休息時間，我總算能試著問：「奈良坂同學有回應了嗎？」綾瀨同學卻只是搖搖頭，說了要買飲料就往有自動販賣機的外頭走。

我甚至有種她在躲我的感覺。

就這樣到了下班時間，我一如往常做好回家準備，等待綾瀨同學。

但是從更衣室走出來的，只有讀賣前輩。

「啊，人家託我傳話給後輩你。沙季說有別的地方想去，要你先回家。」

「咦？」

聽到讀賣前輩這麼說，我眨了眨眼。因為，她之前完全沒提過這回事啊？我連忙拿出手機確認，果然綾瀨同學連一行訊息都沒傳。就在我愣住時，手機突然震動。注意到是來訊之後，我連忙看向螢幕，通知的第一行竄過畫面。

『我要買東西，你先回去吧。』

我點開ＬＩＮＥ，全文就只有這一行。我回覆「了解」。也不是沒有過了晚上十點還開著的店。或許她想買些不方便我陪同的東西。話雖如此，事情太過突然依舊令人在意。

她在躲我？這個念頭再度閃過腦海。不不不，怎麼可能？

我邊想這些邊騎車，不知不覺間已經抵達自家公寓。

我重新認識到，原來一路飆車能這麼快到家。那麼，我希望早點回家嗎？我試著捫心自問，不過看樣子並非如此。

不知不覺間，我似乎已經習慣和綾瀨同學並肩走回家了。

我將自行車停到公寓停車場，搭電梯到自家所在的樓層。

今天是週一，老爸已經回家，他很早就要出門，因此多半已經睡了。亞季子小姐大概還在上班吧。

為了避免吵醒老爸，「我回來了」我講得很小聲。接著我走向起居室。

若是平常，和我一起回家的綾瀨同學會直接去準備晚餐……我太依賴她了呢。好，那就讓我來吧。我打開冰箱。發現沙拉。還有個蓋著的單手鍋，於是我看看裡面裝了什麼。

「味噌湯啊。」

因為是夏天，所以味噌湯會先做好，然後冷藏或冷凍。

我心想綾瀨同學應該馬上就會回來，於是把她的飯碗、湯碗和我的碗一起拿出來，擺到桌上。剩下的應該等她回來再拿就行了。我把沙拉端到桌上。好啦，主菜是什麼呢？我再度翻找冰箱，接著發現冷凍庫裡不知何時已經放了一堆小塑膠盒。

「這是什麼？」

拿出來一看，是菜飯。未解凍。除了被高湯染成茶色的米飯之外，裡面還能看見香菇絲、紅蘿蔔絲、油炸物等。

「我回來了。」

聽到聲音，我回過頭去，綾瀨同學正好開門進來。

「怎麼了？啊，晚飯……抱歉，我這就準備。」

「啊，沒關係，畢竟平常都是妳在弄嘛。我想說偶爾換我來。這個，該怎麼弄才好？」

我舉起裝在塑膠容器裡的菜飯。真要說起來，從來不煮飯的我，腦袋裡根本沒有「煮一堆之後冷凍保存」的念頭。之前都是這樣做的嗎？平常都看她在冰箱與微波爐之間來回，我卻從來沒關心過她在做什麼。

「啊，嗯。今天的已經先做好了，只需要用微波爐加熱。」

「……幾分鐘？」

「微波爐上有寫。」

儘管聽了之後還是搞不懂，我依舊乖乖去微波爐那邊確認。確實，定時按鈕那裡標著某幾樣食材該加熱多久——

「啊，這個嗎？」

不得了，在飯的圖案旁邊還寫著「加熱」。這台微波爐我已經用了五年，卻完全沒注意到這回事。

我將兩人份的冷凍盒放進微波爐，準備啟動。

「啊，等一下。蓋子拿掉。」

她要我把方形冷凍盒的蓋子拿掉。我聽了十分疑惑。

「如果蓋子不拿掉，裡面的冰融化之後會沾到飯上，這樣不好吃。」

「原來……如此？」

雖然不太明白，不過既然她說這樣比較好吃，那麼乖乖照做應該比較好。在我加熱菜飯時，綾瀨同學則把冷藏的味噌湯拿出來加熱。

混了香菇與其他料的菜飯、豆腐味噌湯，以及沙拉。綾瀨同學洗了幾個從冰箱裡拿出來的小蕃茄，切成四等分後放到沙拉上。由萵苣、高麗菜、蘿蔔絲組成的白綠沙拉，添上紅色之後漂亮不少。

「感覺不用加也很好吃耶。」

「家庭和食很容易看起來一堆褐色。所以，加點蕃茄、甜椒之類的進去，可以點綴一下喔。」

甜椒就類似五顏六色的青椒。有紅色、橘色、黃色等各種顏色——我是在它們開始出現於餐桌上之後查的。順帶一提，它們沒有青椒那麼苦，洗一下就可以直接吃。

綾瀨同學開始負責做飯之後，餐桌上偶爾會冒出一些奇怪的東西。或許只是我和老爸對於食材的知識太舊了。不過青花菜和白花菜也就罷了，像寶塔花菜這種碎形蔬菜，只吃便當或叫外送大概見不到。

「下了不少工夫呢。」

平常都只顧著吃，讓我感到十分抱歉。

「也沒那麼誇張就是了。」

「不不不，我一直很感謝妳喔。我也……就算已經放棄高薪打工，我還是會全力支持妳的自立生活。」

「光是幫忙找念書用的背景音樂，就已經讓我很感激了。所以算是扯平。」

說著，她靜靜地微笑。

這一刻，數天以來那種難以言喻的尷尬氣氛彷彿都消失無蹤。

綾瀨同學將綠茶的茶葉放進茶壺。看在眼裡的我，從餐具櫃拿出兩個茶杯放到她面前。茶泡好之後，我們說了聲開動就吃起晚飯。

熱過的菜飯，高湯有充分滲進飯裡，非常好吃。和綾瀨同學說的一樣，沒有被水滴弄得黏答答，十分爽口。

「如果不夠，冷凍庫裡還有，可以熱來吃。」

「不，時間已經很晚，這樣夠了。」

我看向牆上的時針，已經是晚上十一點。吃完飯、洗完澡之後，就是該睡覺的時間。考前姑且不論。綾瀨同學會等我先洗完澡，要是我吃個沒完沒了，就會讓她更晚睡。

一段愉快的吃飯時間。我現在很猶豫。白天的問題還沒得到回答，一天就要過去了。於是我嘆了口氣，說道：

「呃……所以說，關於奈良坂同學游泳池之約的事。」

「又是這個啊？」

「因為，奈良坂同學的聯絡方式還沒問到嘛。既然人家也在等我的答案，那麼差不多也該給個回覆了。」

「……知道了。我告訴你。」

顯得有點不高興的綾瀨同學，操作起原先放在餐桌上的手機，準備把聯絡方式告訴我。

「慢著。」

我伸出手，示意要她稍等。

綾瀨同學抬起頭，一臉訝異。

「奈良坂同學的聯絡方式，有沒有都無所謂。」

「……什麼？」

「進一步來說，其實我並沒有那麼想和奈良坂同學他們去游泳池。」

綾瀨同學的表情從懷疑轉為吃驚，看起來就是完全聽不懂我在講什麼。該怎麼說呢，就像被人家出乎意料地從看不見的地方打了一拳。

沒錯，我現在正是要講些出乎她意料的話。

綾瀨同學不想去泳池其實也無妨。如果尊重她的自由意志，再怎麼說都該等她自己改變主意。

我認為，干涉他人意志試圖引起變化，是故事看太多才會有的自私行為。現實並不是故事。所以做出這種令人看不下去的行為，就該挨人家一巴掌。我很清楚。即使如此，我依舊很擔心她。

「我希望妳去游泳池玩。」

「莫名其妙。」

綾瀨同學用看到外星人——呃，我們根本沒見過外星人，所以我也不清楚是不是真的這樣——的眼神看著我。

我沒放在心上，繼續說下去。

「意思就是，我之所以說想去泳池，是因為覺得這麼說妳也會想去啦。會問奈良坂同學的聯絡方式，也是覺得我一個人跑去玩，有可能讓人羨慕。」

「讓我羨慕？」

「讓妳羨慕。」

「為什麼會羨慕？」

她看起來是真的完全不懂。如果這種反應也代表她沒發現自己的心情，不知道有多令人安心。

「因為，其實妳想去游泳池玩吧？」

綾瀨同學閉口不語。她緊抿雙唇，一臉打死不肯開口的表情。

「我聽亞季子小姐說了。她說妳以前很怕熱，是個一到了夏天就會吵著吃冰、吵著要人家帶妳去泳池的小孩。即使是現在，妳一樣拿高溫沒轍對吧？」

「哪有這回——」

「就是有。所以，空調壞掉時，妳也是快快縮回自己房間。既然如此，那麼朋友找妳去泳池玩，應該多少會想去才對。不是嗎？」

「為什麼你那麼想讓我去游泳池玩啊？」

「老爸說過的話，妳還記得嗎？要是升上三年級，恐怕就得更專心準備考試，所以現在可以多玩一點。他這麼說過對吧？」

「的確說過，可是……」

「我明白妳想要盡快獨立。不過就算是這樣好了，每天繃得這麼緊，在達成目標之前就倒下啦。我是擔心這點。」

「擔心……」

「對。我啊，希望妳不要把自己逼得太緊，就算只放鬆一點點也好。因此，我覺得有必要讓妳休息一下。」

想說的話全部說出來了。

我等待綾瀨同學的回答。

「這種事……我不懂啦。」

細眉低垂的她看向桌面。

「因為，我沒有什麼時間去游泳池玩。真的沒有。」

「綾瀨同學……」

嘴唇緊閉的綾瀨同學，手伸向餐桌上那本被當成便條紙用的記事本。她拿起插在上頭的筆，一邊看著手機一邊在紙上書寫。然後重重將寫下的便條拍到我面前。

「我還要念書。」

說完，她將餐具放到水槽，隨即窩回自己房間。

「不行嗎……」

我嘆口氣，看向眼前那張便條。

上面是電話號碼。潦草的字體底下寫著「真綾」。換句話說，應該是奈良坂同學的電話號碼。

「只有我去也沒意義啊。」

垂頭喪氣的我，收拾完畢之後回到自己房間。

8月24日（星期一）

8月25日（星期二）

醒來之後，我躺在床上思索。

我失敗了嗎？

「失敗了吧……」

朝天花板說出口的這句話沒人聽到，重新落回自己身上。

我轉頭看向時鐘，已經中午了。但是睡意還很重。昨晚我一直在思考這些事，沒怎麼睡。

要怎麼做，才能讓綾瀨同學緊繃的意識變得柔軟一點呢？

緊繃……對，就是這種感覺。綾瀨同學的精神頑固、堅定。

也因此脆弱。

經過兩個月的同居生活，我自認對於綾瀨同學多少有比較了解一點，更別說最近幾乎每天都會在打工的地方碰面。

綾瀨同學大概是這麼想的……

小孩子接受大人的給予是理所當然。換言之，獲得多於付出。

兒童時期的綾瀨同學會撒嬌說要吃冰、要去泳池，是個隨處可見的普通小孩。換句話說，是單方面要求人家施予的存在。

這是理所當然，也很自然。

但是，綾瀨同學不這麼認為。這點很重要。

家庭因素讓綾瀨同學在小學高年級就結束了兒童時期，她不允許自己繼續當個小孩。

人與人的相處就是互相幫助，但是自己要付出多一點。

或許是對於沒有付出的小孩時期——只有母親辛苦的時期（至少綾瀨同學的感覺是如此）感到愧疚，她才會如此警惕自己。

於是綾瀨同學希望能盡快獨立，減輕母親的負擔，對她來說，沒有付出的小孩時期就某方面來說是段不願提及的黑歷史。自己的任性，讓本來就很辛苦的母親負擔更重。

這點實在諷刺。

亞季子小姐不是說過嗎？

8月25日（星期二）

『希望讓她多當一陣子任性的小孩。』

一想到這裡，內心就無比沉重。明明兩人都是為了對方著想，追求的東西卻不一樣。

母親希望孩子不要那麼快長大。

孩子希望盡快成為大人。

無法同時成立，互相抵觸。

也無法磨合。當時的綾瀨同學還是小孩。

若是現在的綾瀨同學，或許能和亞季子小姐把話說開，針對兩人都為對方著想這點磨合。

綾瀨同學將一切吞進肚子裡，踏上成為大人的階梯。

希望盡快償還自己小孩時期的虧欠，才會導致那種過度的自責主義。

所以——

沒辦法保留餘力。

沒辦法盡情遊玩。

無法原諒會想去游泳池的自己。

『因為，我沒有什麼時間去游泳池玩。真的沒有。』

說出這句話的綾瀨同學，雖然表情和往常一樣冷淡，聲音聽起來卻顯得已經走投無路。

我什麼都說不出口，就是因為這樣。

如果我像故事主角一樣貼心，透過更戲劇性一點的發展做點什麼，綾瀨同學會不會改變自己的想法呢？

不，不行。不能往這種逃避現實的方向思考。如果想幫她，就得往更腳踏實地的方向去想。

8月25日（星期二）

床邊的鬧鐘響起。

已經到了非起床不可的時間。

我略嫌粗魯地制止電子音，從床上起身。

起床一看，已經到了卡在早餐和午餐之間的時段。

我呆呆站在起居室，思考早飯該怎麼辦。要吃什麼才好？還是說就這樣空腹撐到午飯時間？

平常應該會在老爸上班前起床做早飯的綾瀨同學，好像還沒起床。這點看餐桌就知道。偶爾也會這樣。畢竟大家都沒把她做早飯這件事看成理所當然。

實際上，期末考那段時間，老爸和亞季子小姐都要綾瀨同學別逞強，不讓她下廚做飯。

好啦，我的肚子——

有點餓啊。要烤片麵包來吃嗎……

就在我思索時，起居室的門開了，綾瀨同學隨之現身。

「……啊。」

「早安，綾瀨同學。」

「……早安。」

睡意濃厚，眼睛似乎還沒完全睜開，原本那股在家裡也感受得到的嚴謹氣息蕩然無存，服裝也比平常來得邋遢。感覺攻擊力和防禦力都不夠。

「沒睡覺嗎？」

「有啊……大概六點左右睡的。」

那不算有睡覺，天都已經亮了吧？只能算打盹。

「再睡一下比較好喔。反正打工是傍晚。」

「沒關係……現在幾點？」

說著，綾瀨同學慢吞吞地抬起頭看時鐘。渙散的眼神逐漸聚焦。她瞪大眼睛。

「咦……已經這個時間——」

她回過神來，看向餐桌。桌上當然什麼也沒有。

「抱歉。繼父（爸爸）什麼都沒吃對吧。」

「放心吧。他好像有吃麵包。」

水槽裡有個似乎盛過吐司的盤子（上面沾有麵包屑，看來沒時間放進洗碗機）。用完的奶油和果醬大概放回冰箱了吧。

唉，在綾瀨同學她們母女搬進這個家之前，我和老爸的早餐大致上都是這樣。有得吃就很好了。

綾瀨同學不需要感到抱歉。

儘管我說了一堆幫忙緩頰，但綾瀨同學似乎沒聽進去，始終咬緊嘴唇，當成是自己的錯。

「這麼嚴重的睡過頭還是第一次。」

8月25日（星期二）

「是不是太累了？再休息一下無妨。」

「這……真的很抱歉！淺村同學你還沒吃吧？我馬上弄。」

綾瀨同學顯然睡眠不足，我實在沒辦法道聲謝就交給她。何況她眼睛下面還隱隱看得見黑眼圈。

「綾瀨同學。」

我用了稍微嚴肅一點的口吻。

「什……什麼事？」

「這些話我希望妳好好聽清楚，不要逃避。」

「咦……那個……怎麼回事？」

「我說啊，妳還記得來到這個家的時候，自己說過什麼嗎？」

她吃了一驚。看樣子還記得。

「……能夠像這樣『磨合』，實在是幫了個大忙……？」

我點點頭。對，就是這個。

一開始就誠實地亮出自己的手牌。互相交換情報，將情緒還有其他什麼的都拿出來彼此磨合。所以，我把自己感受到的老實說出來。

「依我判斷，現在的妳睡眠不足。要反駁也可以，不過請妳先照照鏡子。我不希望妳在這種狀態下勉強做飯，會讓人擔心妳弄壞身體。要不然，妳坐在椅子上就好，讓我來做。這是我發自肺腑的意見。」

「唔……可是，說要準備早餐的人是我。」

「原則歸原則，現場要臨機應變。我建議妳將今天的任務從做飯改為睡覺。」

「可、可是——」

「如果是平常的妳，我就不會說這種話。妳自己也說了，這麼嚴重的睡過頭還是第一次，對吧？」

「……嗯。」

「既然如此，代表情況異常。這種狀態下，不要勉強自己做和平常一樣的事。好啦，妳就坐著。當然，妳要回房間睡覺也行。」

說著，我拉開綾瀨同學平常坐的椅子。木質地板遭到摩擦的聲音響起。

「單純是睡眠不足啦。」

「嗯。不過，單純的睡眠不足已經讓妳有資格坐在這張椅子上了。來。」

「……好。」

8月25日（星期二）

大概是認命了吧，綾瀨同學坐到我拉開的椅子上。

我還是第一次看見這麼虛弱的綾瀨同學。

好啦，那就動手吧。

「一片吐司還吃得下吧？」

她點點頭，於是我連自己的份在內，放了兩片吐司進烤麵包機。接著我從冰箱拿出奶油和果醬，放到綾瀨同學面前。當然，沒忘記奶油刀和湯匙。我另外還找到火腿片，所以也拿出來了。

「火腿要煎嗎？妳平常好像都會這麼做。」

「因為我喜歡煎過的。」

「要煎得有點焦對吧。」

「……因為我喜歡有點焦的。」

「我懂。有點焦的火腿比較好吃。」

意見一致，於是我往平底鍋倒了一層薄薄的油，用瓦斯爐將火腿稍微煎一下。

「茲」的聲音響起，讓人強烈意識到自己空著肚子。為什麼煎肉的聲音這麼容易刺激食慾呢？

我將顏色烤得很漂亮的麵包裝盤端上桌。微焦火腿也盛到另一個盤子上，然後撒點黑胡椒。這也是平常綾瀨同學會做的。怪了？撒胡椒是在煎火腿之前嗎？算了沒差。

我突然想起一件事，於是打開冰箱。還有牛奶。

「要喝熱牛奶嗎？」

「天氣這麼熱，還喝熱牛奶……」

「冷氣開著，所以屋裡很涼快吧？既然要再睡一下，我覺得肚子裝點溫熱的東西比較好。」

我這麼說完之後，綾瀨同學再度沉默。

「……要。」

「嗯，了解。」

我將牛奶倒進杯子裡，用微波爐加熱後放到綾瀨同學面前。

接著我替自己倒了麥茶，坐到自己的位置上，雙手合十。

「那麼，我要開動了。雖然加點蔬菜應該會比較好。」

「已經夠了……我開動了。」

綾瀨同學輕聲說完，便在麵包上塗奶油，接著放上火腿，小口咬下。

我的吃法和她一樣。

一時之間，我們兩個都沒說話，只是默默地吃。

不過，薄薄一片麵包三兩下就解決了，綾瀨同學吃完後捧起杯子啜飲。我則是看著自己的空杯，思考要不要再喝一點。

綾瀨同學嘆了口氣。

她放下杯子，杯子碰到桌面，發出輕輕的一聲「叩」。

「我一直在想……」

說到這裡，她又喝了點牛奶，彷彿那是能幫她擠出勇氣的特殊道具一樣。

「……去泳池玩也可以。」

準備再倒一杯麥茶的我，縮回伸向冰箱的手。我連忙回頭看向綾瀨同學。

「妳想去了？」

「現在想了。一直到睡著之前，我都還在想『我才不去』的……不，不對。我一直在猶豫。」

「猶豫到差不多六點？」

「猶豫到差不多六點。」

「不過，現在想去了？」

她點頭。

「早上起來之後，就覺得……好像去玩也沒關係。不過，事到如今很難啟齒。」

至於我聽到這些話之後有什麼反應呢？

頓時鬆了口氣。感覺整個人都要在椅子上癱成水母了。

根本不需要什麼戲劇性的發展。綾瀨同學就只是想了一整晚，整晚沒睡地想完之後睡一覺，等到起床就改變了主意。僅此而已。

啊——現實就是這樣嗎？不可思議的是，我倒是能夠接受。現實所需要的，想來不是某某人大為活躍，而是一個小小的契機吧。

只要有個小小的契機，就能讓人徹底改變想法——我好像在某本書上讀過。

「不過，有個問題。」

咦？

「和淺村同學你也有關係的重大問題。」

「像是不會游泳？我的技術可沒有好到能夠教人就是了。」

「那個就不用了，我會游。」

「我想也是。」

再怎麼樣也不至於是這種原因吧。應該是更為迫切，而且確實也和我有關的重大問題。

「因為我原本沒打算去游泳池，所以那天排了班。淺村同學那邊應該也排了班才對。」

「去泳池玩的日子是……」

「後天，27日。」

「哇……真的假的？」

「嗯，真的。」

我們明天26日休息，後天27日排了班。

這下糟了。好不容易綾瀨同學才改變主意，這樣下去我們兩個都去不成。

我稍微煩惱了一下，然後向綾瀨同學提出一個世間非常普遍的解決方案。

「好不容易妳想去了嘛，我會想辦法解決。」

「解決得了嗎？」

「唉呀，這種事經常發生，我想應該沒問題。」

8月25日（星期二）

「經常發生。原來是這樣啊……」

「嗯，找人換班。很簡單吧？」

我盡可能講得很有自信。

方法很簡單，實行起來卻有它的難處，這點我心知肚明。

陽光已成斜射，強烈暑氣稍微緩和的時刻。

澀谷的下午四點半。在瀰漫的柏油焦味之中，讓自行車偏向車道那一側的我，和綾瀨同學並肩而行。

商量過後，我們決定提早到書店。因為我們覺得，要拜託店長最好不要挑在工作時間。

之前也說過，如果要一起上班，不管是騎自行車或徒步，都得由其中一個人去配合另外一個人才行。我和綾瀨同學不喜歡讓別人這樣費心。不過，前提是沒有特殊理由。

不過嘛，我也沒想過會因為這種理由一起去打工地點就是了。

「有雲，太好了。」

綾瀨同學看著天空說道。

確實，雲層不知何時已經遮住了半片天空。

雖然還看得到藍天，所以沒有整個暗下來，不過能感受到空氣變得涼爽了點。原先的悶熱因此略微舒緩。

原先單手遮陽的綾瀨同學將手放下，重新背好掛在肩上的包包。包包看上去有點大，因為她每天都把制服帶回家。

綾瀨同學今天的裝扮，給人的印象和平常不太一樣。

符合夏季風格的亮色系上衣有袖子也有衣領，肌膚外露的部分很少。在男性打領帶的位置，則用細緞帶打了個結遮住。根據綾瀨同學流的解釋，這樣雖然攻擊力低，但是防禦力比較高。

這是一場展現誠意的交涉。她是這麼說的，所以才會穿成這樣吧。

確實，和平常相比，顯得更為正式一點。

不過，她沒把耳環拿掉，彷彿在暗示自己和蜜蜂的刺一樣，若是掉以輕心會吃大虧，這點非常有她的風格。還有，外露的部分變少，顯得有點熱。

「會不會熱？撐得住嗎？」

「有雲所以沒問題。」

8月25日（星期二）

「有睡飽嗎？」

「睡啦，兩小時。」

雖然感覺還是有點少，不過多說大概也沒什麼意義，何況嘮叨這些等於把她當成小孩子看待。我又不是想讓她回到小孩時期。

腦袋想著這些，對話自然而然就斷了。

一時之間，我們無言地走著。

聽到路上行駛車輛的聲響，以及沒顧慮周遭住戶，大聲奏響音樂的宣傳車噪音，便有種「啊，一如往常的淵谷就在眼前」的想法閃過腦海。

綾瀨同學就像要填補氣氛轉換所產生的空檔一般，開口說道。

「昨天很抱歉。」

「泳池的事？」

「這也很抱歉，不過我要說的是另一個。你和讀賣小姐來的時候，我覺得自己當時說的話有點討人厭。」

「啊……」

那段讓我覺得有些不對勁的對話嗎？

如果我和讀賣前輩是那種關係，以家人的立場來說很放心——讀賣前輩當成她最愛的幽默一笑置之，但綾瀨同學應該不喜歡這樣吧？我當時對此感到疑惑。

男性和女性兩人同行，自然而然就會像是一對。就算腦中產生這種刻板印象，也不能當著本人的面說出來——她應該會這麼想。

「畢竟把疙瘩藏在心裡等於違背約定嘛。沒問題，要好好坦白。做得到。」

綾瀨同學就像要說給自己聽一樣，一步步將自己的主張轉換為言語。

「該怎麼講呢，如果你們交往，希望可以明確地說出來。」

「原來如此。這是為什麼？」

「不知道……你就當成是這樣吧。」

奇怪的說法。「雖然知道卻不能回答」的意思嗎？

言行舉止就像在試探我和讀賣前輩之間的關係，而且不肯正眼看我。兩者都讓人覺得別有深意，我能感覺到，自己的心臟彷彿在期待什麼似的愈跳愈快。

——**你在期待什麼啊**？適可而止吧，淺村悠太。

我要自己冷靜下來，老老實實等待綾瀨同學的下一句話。

「一起打工後就知道，她是個很棒的人。」

8月25日（星期二）

「這倒是沒錯。」

「溫柔、體貼、長得漂亮。很聰明，什麼都知道，講話也幽默，和她聊天十分開心，完全不會覺得膩。」

「雖然也有懶散的一面就是了。還有愛用下流哏。」

「這些不叫缺點，叫可愛……嗯，也輪不到我來說吧。畢竟淺村同學在這邊工作得比較久嘛。」

為什麼變成在推銷讀賣小姐了呢──她面露苦笑。我也想問。到頭來，綾瀨同學究竟想講什麼啊？

「我只是覺得，如果是她，要我喊一聲『嫂嫂』也可以。其實，我不該講這種有可能限制你的話。一不小心就脫口而出了。抱歉。」

綾瀨同學將昨天產生那種反應的前因後果，交代得清清楚楚。

簡直就像事前整理好該說什麼，然後在腦中偷看並唸出來一樣，毫無窒礙。

我說啊，這真的是真心話嗎？

我在千鈞一髮之際將這個疑問吞回肚子裡。她已經說了要把疙瘩坦白、要亮出手牌。如果懷疑其中有謊言，我們這段關係的大前提就會崩潰。

所以，我現在該做的，就只有點頭。

「嗯，我原諒妳。所以，不用再道歉嘍。」

「嗯，了解。」

事情就此結束。這個話題也不會再拖下去，一切付諸流水——

照理說，對於我和綾瀨同學而言，這樣的關係最為愜意。

可是不知道為什麼，彷彿有根刺卡在喉嚨裡一樣，一股無法捉摸的不快感揮之不去。

愈接近車站，人潮愈洶湧。明明應該還沒到上班族的下班時間，卻已經看得見打領帶的男性與踩著高跟鞋的女性，還有放暑假的學生。

將自行車停到停車場時，我才想起某件事。聽到我喊了聲「糟糕」，綾瀨同學驚訝地看著我。

「怎麼了嗎？」

「我在想啊，綾瀨同學。」

「怎樣？」

「既然來回都是一起走，那我為什麼要把自行車推過來呢？」

如果來回都一起行動，自行車留在家裡不就好了嗎？

「咦？」

綾瀨同學用「你在說什麼啊」的眼神看我。

「——不是因為有需要嗎？」

「不，完全沒有。一不小心就習慣性地推過來了。」

「這、這個嘛，偶爾也會這樣啦……噗。」

「習慣真可怕啊。」

「就當成是這樣吧。」

她的眼裡滿是笑意。可惡，居然嘲笑人家的失敗。

不過嘛……最近她總是繃著一張臉，無論理由是什麼，有笑容就好。

停好自行車之後，我和等候的綾瀨同學會合，從員工入口進店裡。我們就這樣找到值班的前輩店員，問出店長所在處。

打開辦公室的門，看見店長坐在桌子靠窗戶那一側。

「喔……是淺村小弟和淺村……啊，應該是綾瀨小妹吧。午安。」

說錯也是難免。在戶籍上與文件上，綾瀨同學的本名是淺村沙季。

老爸和亞季子小姐並非事實婚，辦理過正式手續，所以我們一家人已經全都姓淺村了。不過在學校、職場等場合考慮到對外方便，綾瀨同學她們還是會報上舊姓。並不是只有我家特別，據說，最近在結婚之後通訊錄、名片、信箱等都維持原姓繼續活動的社會人士愈來愈多。

對於綾瀨同學而言，在會建立新關係的打工場所，直接自稱淺村沙季也可以，但她似乎不想因為是我的妹妹就被另眼相看，所以到頭來還是用綾瀨姓工作。我平常就是用綾瀨這個姓稱呼她，所以到目前為止都沒有被其他店員看穿。

「午安。打擾了，那個……」

「嗯？」

注意到我們打完招呼依舊沒離開的店長，重新抬起頭。

明明不到四十歲卻已經能扛起整間店，所以人家都說店長雖然看起來很溫柔，實際上卻很精明。

「出了什麼事嗎？」

「呃，不好意思，事情有點突然。我們……我和綾瀨小姐原本是排26日休息、後天上班，可不可以讓我們把26日和27日交換？」

8月25日（星期二）

「交換……？這還真是突然。有什麼事嗎？」

「呃……」

這種時候如果隨便撒謊，穿幫時就沒辦法挽回。我可不想弄丟這份打工。重點在於不說謊，人家沒問的也不要主動說出來。

所以我只是這麼說。

「其實是有朋友突然找我們去玩。」

店長知道我和綾瀨同學讀同一間高中。所以我告訴店長，邀約者是我們的共同朋友。雖然和奈良坂同學熟的是綾瀨同學，我只不過勉強算得上是朋友，兩者之間有這樣的差距——這部分就不提了。

接著綾瀨同學開口。

「她去旅行，昨天才回來。」

這句話同樣不假。

奈良坂同學去旅行到昨天才回來也是真的。

聽到這裡，就能明白為什麼奈良坂同學一直沒聯絡我。

這個嘛，總不能旅行在外還要人家特地打電話或傳訊息給我吧。更別說她已經先告訴綾瀨同學了。

不過，我們說這些話其實也算不上老實。好比說，對我而言是「突然」，對綾瀨同學來說並不是。

所以這句話由我來說，奈良坂同學去旅行則是交給綾瀨同學。

雖然沒有說謊，卻能隱瞞真相。雖然這種交涉方式實在不太建議別人效法。

重點在於接下來的部分。要好好展現自己的誠意。

「我們知道這樣很自私，不過想麻煩您幫幫忙。」

深深一鞠躬。旁邊的綾瀨同學也跟著我低下頭。

「嗯，等我一下。」

說著，店長操作起眼前的電腦。

似乎是在看預定班表。

「兩人份啊……」

已經抬起頭的我，偷偷觀察綾瀨同學的臉。她顯得很擔心。好啦，事情會怎麼樣呢？如果人家拒絕，就得想別的辦法。當然，這樣不違法，店方也不太可能拒絕，但我也沒到寧可毀掉關係也要逼人家答應的程度……再怎麼說，目前都還不到這麼做的時候。

「27日是週四對吧。嗯……」

說完，店長開始打電話。大概是要聯絡有可能換班的員工吧。他簡單地說明了一兩句之後便掛斷，一共撥了兩通電話。

「他們同意了。明天那兩人都是能配合調班的老手，他們說換班也完全不會有問題。」

「真的嗎！」

「嗯。」

店長微微一笑，接著說下去。

「相對地，你們明天可要好好工作喔。」

糖果和鞭子用得真漂亮。唉，高中生怎麼可能是大人的對手嘛。說不定，店長已經看穿我們臨時編的藉口了。不過，現在的重點是讓綾瀨同學喘口氣。只要能夠達成這個目標就無所謂。

對於店長的叮嚀，我們給予明確的回應。

「是的，我會好好努力！」

「好、好的！我也一樣！」

我和綾瀨同學再次深深一鞠躬。

於是我們走出辦公室。

關上門之後，綾瀨同學吐了口氣。

「我鬆了口氣。」

「事情順利真是太好了。」

「剛剛說不定是我人生中最緊張的時刻。」

「也太誇張了吧？」

換好制服之後，已經到了上工的時間。

今天的工作是把加訂的書上架。於是我們把裝滿書的紙箱放上推車，在書櫃叢林中穿梭。

「綾瀨小姐，接下來是……那裡。因為是新出的技術書籍。」

「好的，淺村先生。」

說著，她從紙箱裡拿了幾本書，先一步走向書櫃，說是不利用推車移動的這段時間

很可惜。她迅速將書放進書櫃空出來的位置之後，推車才抵達。接下來就是兩個人一起把書本擺上去。

「能節省時間真是幫了大忙。」

「你比較厲害，書櫃的位置全都記得，可以更有效率地巡迴。」

「要說全都記得倒也不至於就是了。」

只是因為今天進的書大多屬於我偏好的類別，所以大略瞄一下紙箱就能安排比較有效率的巡迴方式。純粹出於幸運。

清空紙箱的時間，比原本預期的還要快上十五分鐘。

「很好。那麼，休息一下吧。」

「好。」

我們把推車送回後場，接著前往休息室。

我用紙杯裝了冰涼的茶，坐到椅子上。

「淺村同學你啊……」

綾瀨同學輕聲說道。可能是因為休息室裡只有我們吧，她恢復原來的稱呼。

她喝完杯裡的茶之後，起身又裝了一杯。

喘口氣之後，她才接著說下去。

「淺村同學你啊，其實不是朋友少，只是沒有主動去交朋友吧？」

「我可沒這個意思。」

「不過，你會介意朋友少嗎？其實不會對吧？」

「這個嘛，應該不怎麼在意吧。」

「你看。」

「嗯，就這點來說，確實沒有到非常想交朋友的地步。」

雖然也沒到絕對不交朋友的地步就是了。

來者不拒。

「說實話，我完全沒想過，能夠這麼簡單就換班……不，不對。我不敢找人家談這種事。因為我自己不想，所以認為做不到。」

「我只是習慣了而已。而且我已經和人家換過好幾次了。」

「這不就表示，你和別人交流的經驗比我豐富嗎？」

我完全沒想過這件事。

「這……或許也可以這麼說。」

8月25日（星期二）

「不管是問其他前輩店長在哪裡的時候，還是和店長談換班的時候，你總是表現得很堅定，能好好把想說的話說出口……看起來實在不像不擅長溝通的人。」

「妳太看得起我啦。」

我可沒那麼機靈。只不過，這份工作已經做了一段不短的時間，再加上有工作這個共通話題，才能勉強把話擠出來而已。

「只是因為這種場合要求彼此都認真以對，所以比較容易處理而已。在這種情況下，容易進行妳之前講過的『精確的溝通』。」

「我就做不到。」

「做得到啦，只要習慣這份工作就行了。應該說，妳已經做得夠好了。我倒是認為，看起來有共通規則，實際上根本沒這回事的朋友往來比較難。我啊……還是拿這種關係沒轍。在我看來，妳的溝通能力要比我強多了。」

「……哪有這種事。」

就是有。雖然我故意沒說出口，但我之所以能和綾瀨同學處得不錯，也是因為她一開始就訂出了共通規則。

好不容易才讓綾瀨同學想去，所以我沒告訴她，其實現在我才是滿滿的不安。

雖然還是會配合她去游泳池就是了。

老實說，我覺得自己能夠交談的對象只有綾瀨同學，勉強再加個奈良坂同學，實在沒有和其他人也能玩得愉快的自信。

明明後天就要去泳池了。

8月25日（星期二）

8月26日（星期三）

暑假即將結束的8月26日週三早上。

我配合綾瀨同學起床的時間設定鬧鐘叫醒自己。

上午6點30分。

……非常想睡。

一踏進起居室，就看見綾瀨同學已經開始準備早餐。

我盯著手腳俐落的綾瀨同學看了一會兒。「這麼嚴重的睡過頭還是第一次」的確不假。

「早安，綾瀨同學。」

「淺村同學，早安。今天起得真早呢。」

她回過頭應了一聲，繼續弄早餐。

「因為感覺會很忙嘛。」

我邊說邊坐到自己的位置上。

咚咚……咚。

原本在切紅蘿蔔的綾瀨同學，停下了菜刀。

她轉頭看我，顯得很擔心。

「很忙？只是換班而已吧？還是說，淺村同學你今天原本有其他預定？」

「喔，不是啦不是啦。」

綾瀨同學應該是怕我原本有事，卻為了去泳池更換排班，導致和打工撞到吧。

「真的嗎？」

「我發誓。我原本今天一整天都沒事。我原本打算，如果暑假作業還沒做完，要在今天補救。不過，作業已經都解決了。」

「那是為什麼？」

她會感到疑惑也是理所當然。我想她多半不會明白，因為這是陰角男生特有的煩惱。

「我沒有泳裝。」

「……體育課怎麼辦？」

8月26日（星期三）

「我沒選游泳而是選球類。朋友建議的。」

「啊，原來如此。」

「我學到一個教訓——如果只因為是朋友就事事配合人家會吃大虧。」

我想起丸的臉，感到很沮喪。

夏季的體育課，會讓學生選擇要游泳還是打球。只不過，就算體育課選游泳，穿學校指定的泳裝和朋友出去玩，似乎還是不太好看。或許是我的偏見，不過既然要和班上受歡迎的成員們出去玩，不是該多少打扮一下嗎？

「啊哈哈，太誇張了。所以，你要去買泳裝是吧？」

「對，只能用買的。幸好我有打工的收入，還不至於買不起。今天的班只排到六點，時間綽綽有餘。」

平常都是全天班所以到深夜才收工，不過今天是只到傍晚六點的半天班。因為換班前的27日就是這樣排。

「你打算打工完畢才去？」

「不得不這麼做。我稍微查了一下，賣泳裝的店大多都要到上午11點才開，我找不到一大早就有開的店。」

「這樣啊……會來不及上班呢。」

「就算來得及也很勉強。我想避免這種事。」

店長特別叮嚀過，今天的工作要好好做。我不希望發生什麼萬一導致遲到。假設11點去買，如果選泳裝時不猶豫，大概趕得上12點打工。對，不猶豫的話。

「需要猶豫那麼久嗎……對喔，你好像對流行時尚沒興趣。」

我愁眉苦臉地點點頭。正是如此。

真要說起來，時尚可以算是我的弱點。我實在搞不懂挑選的標準。為什麼有那麼多種？它們到底有什麼差別？像書的分類那樣嗎？我已經能看見自己站在賣場不知所措的模樣。該找誰問？又要問什麼才好？

鐵定會有很多時間花在猶豫上頭。與其背負遲到的風險，不如解決後顧之憂再慢慢選。

而且也得為明天做準備。

雖說學生在暑假去泳池玩應該用不著準備很多東西，不過到了那裡之後才發現這個沒有那個沒有也不行。

還有，我已經在綾瀨同學的面前說過，今天原本一整天都沒事。但是，因為原本沒

8月26日（星期三）

想過下午要打工，所以洗衣服等雜事必須在上午先處理完。

「這樣嗎？我懂了。啊，對了，真綾剛剛傳來明天的行程。」

「啊，原來如此。」

「待會兒傳給你。」

「了解。」

當然，我們要參加的事，已經在昨天聯絡奈良坂同學。之所以拖到最後一刻，是因為必須先得到換班許可才能決定。告訴人家想去的當天就發現不行，這種話實在讓人說不出口。

得到店長的許可之後，綾瀨同學似乎立刻就傳了ＬＩＮＥ。

據說不到一分鐘就來了回覆。

不愧是奈良坂同學。

聊著聊著，老爸似乎起床了。已經差不多要七點。先去了洗手間的老爸走進起居室。

「早安，沙季。喔，悠太也起來啦，真稀奇。」

「早安。」

「嗯，早。」

老爸說著就坐了下來。

我很快就起身拿走老爸的碗幫他盛飯，老爸卻一臉遺憾的表情。是是是，你想讓綾瀨同學幫你盛對吧？真是的。

味噌湯她應該會幫你盛，這點小事就忍一忍啦。

「來，爸爸。」

「謝謝你，沙季。」

「哪裡，不用客氣。」

早餐的菜色，照慣例是綾瀨同學眼中的快速菜單。今天是豆腐和燙菠菜。豆腐上面放了薑末和柴魚，還撒了蔥花。然後再把醬油淋上去。

我之前都不曉得，撒在豆腐上面那些「蔥」其實有很多種，綾瀨同學告訴我，這種叫「黃蔥」。我用網路搜尋撒在豆腐上面的蔥，「黃蔥」、「分蔥」、「小蔥」、「香蔥」、「萬能蔥」等相似的詞接連冒出來，讓我完全搞不懂自己平常撒在豆腐上的是哪一種。

總之今天的似乎是「黃蔥」。

8月26日（星期三）

然後，是三條烤柳葉魚。盛著魚的藍色盤子，「咚」一聲擺到老爸面前。

「淺村同學的等一下。」

「不用急沒關係啦，先弄老爸的就好。」

如果是學期中，我和綾瀨同學再不開始吃就來不及了。

「那我就先吃嘍，抱歉啦。」

邊動筷子邊這麼說的老爸，很快就吃完了。他準時在七點半走出家門。我將老爸的餐具放進洗碗機。

到了八點，亞季子小姐接棒似的回來。她在回家之前已經吃過早飯，所以直接往寢室移動。

亞季子小姐和綾瀨同學搬來之後，成為家中慣例的早晨景象。

我久違地想起了學期中的例行公事。既然暑假馬上就要結束，那麼差不多也該恢復日常生活了。

幫忙收拾完之後，我窩回房間，趁著還沒打工確認明天的行程。

ＬＩＮＥ上有幾條奈良坂同學透過綾瀨同學轉達的訊息。她用了很長的篇幅將明天行程一口氣發送過來。詳細得簡直就像小學時的遠足須知。

綾瀨同學說她先前去旅行了，該不會旅行途中也在寫這一大篇須知吧？

奈良坂同學，或許是對於玩樂會全力以赴的那種人。

『真綾好不容易弄出來的，要仔細看喔。』

綾瀨同學在後面傳訊補充。

先前一直說不想去，決定要去之後卻顯得非常積極。和亞季子小姐說的一樣。

——小時候可讓人頭痛了。一到夏天，又是撒嬌要吃冰，又是吵著要人家帶她去泳池……

隔了這麼久，綾瀨同學似乎又能享受外出遊玩的樂趣了，我也為她感到高興。

8月26日（星期三）

我和綾瀨同學在將近中午時出門，提前抵達打工的書店。

「好。那麼，就多加把勁努力工作吧，綾瀨小姐。」

「淺村先生也是。麻煩了。」

一踏進店裡，綾瀨同學對我的稱呼就換了。

今天要比往常更認真，這也是為了報答允許我們換班的店長。

我們一上工，就被派去收銀台。

在書店打工，壓力最大的工作就是結帳。真要說起來，要求我這種陰角展現溝通能力實在是強人所難。不過畢竟是工作嘛。

如果收銀台出現空檔，就找機會摺紙書套。

首先拿裁成書本大小的厚紙板當底紙，把上下兩端分別往內摺，再將左右兩側挑一邊往內摺。每本書厚度不同，如果兩邊都摺，可能會太寬或者擠不進去。雖然只要重新摺一次就好，但是不能拿書套上有重摺痕跡的書給顧客。

我曾經一個不小心把兩邊都摺了。結果能夠套進去的書有限，花了不少力氣才把摺好的書套用完，還因此挨罵。綾瀨同學就沒犯過這種錯。她很優秀。就和讀賣前輩說的一樣，比我還要行。

這天還要打掃辦公室與更衣室。

偏偏就在這種工作多的日子，讀賣前輩休息。她該不會是知道很忙才選擇今天的吧？不對，我原本一樣是今天休息。

「只剩下把這些垃圾丟掉就收工了吧？」

「我去丟。」

「不，反正順路，我直接拿去就好。」

我拿著裝了垃圾的塑膠袋正準備走出辦公室，店長剛好在這時進來。

「喔，變乾淨了。嗯，你們兩個都做得不錯呢。辛苦啦。」

我們都被誇獎了。

儘管知道是場面話，聽在耳裡依舊覺得很愉快。這顆糖給得漂亮。這位店長果然是高手。

「多謝誇獎。」

綾瀨同學也露出微笑。

下午六點，我和綾瀨同學結束工作，走出書店。

「那麼，我先去買泳裝再回家。今天就沒辦法送妳了。」

「現在才六點，不需要。」

「我想也是。那妳先回去吧。」

「淺村同學，你打算去哪裡買？」

我要去的那間量販店在百貨公司裡，我把百貨公司的名字告訴她。

「那裡啊，那我也要去。」

聽到她這麼說，我愣住了。

8月26日（星期三）

「為什麼？」

「我也要買泳裝，那邊有賣女生泳裝的店。昨天我試著比了一下，舊的可能已經沒辦法穿，為了保險起見我想買件新的。」

說完，她自顧自地開始移動。

我連忙跟上。

難不成要就這樣一起去買泳裝？根據我貧乏的經驗與想像力，一起去買泳裝的男女組合只會是情侶。我很清楚這只是偏見。可是，除了情侶之外還有兩個人一起去的理由嗎……不，沒有。

像是為了挑選與試穿泳裝而尷尬地隔著一塊板子對話，要不然就是在這時候牽扯進奇妙的麻煩事，這種常在小說與漫畫裡看到的情節，現實之中根本不可能發生。

不過，會不會只是我缺乏知識，兄妹一起去買泳裝在現實世界其實是種常識？看著綾瀨同學面不改色的樣子，我覺得很有可能。

如果真的要一起買泳裝，我該用怎樣的表情、怎樣的態度面對呢？到百貨公司的路程沒有多遠，在那之前我來得及做好心理準備嗎——

以上那些內心糾葛，就結果來說全都是白費力氣。

大多數情況下，百貨公司的女性賣場和男性賣場在不同樓層。

搭電扶梯到達對應樓層之後，綾瀨同學迅速往賣場走，並且回頭對我說：

「那麼，接下來就各走各的。買完東西後，如果時間剛好碰上就在入口會合；如果沒碰上就不用多管，直接回家。」

「……了解。」

這也是理所當然嘛。這就是所謂的現實世界吧。我可以肯定地告訴大家，哥哥不必陪妹妹選泳裝。

……應該吧。

我挑泳裝花了超過一個小時。

看吧，打工結束再來果然沒錯。

8月26日（星期三）

8月27日（星期四）

我一邊感受電車的晃動，一邊茫然看著在藍天底下流逝而過的陌生景色。

上次像這樣在電車上晃來晃去，已經是很久以前的事了。

生於澀谷長於澀谷的我，過著幾近於室內派陰角的生活，很少搭電車。

對於只要有漫畫和書本就能活下去的我而言，澀谷這個地方等於天堂。在小鎮書店先後消失的這個年頭，澀谷依舊有幾間大型書店留存。

假日光是在書店與書店之間移動就把時間用完了，根本不需要出遠門。

沒想到，我居然會為了去游泳池玩而坐上電車。

車內不怎麼擠。包含今天在內，暑假只剩五天。差不多也到了該收心的時候，應該會有些人發現假期快結束而驚慌失措吧。

我拿出手機確認時間。上午九點十八分。這次的集合，是九點三十分在新宿車站剪票口，所以綽綽有餘。

不過，集合之後要搭三十分鐘的電車，接著轉乘接駁車可能又要花上三十分鐘，意外地遠。

我已經提不起勁了。

不，加油啊我。不能在這種時候丟下綾瀨同學自己一個人回家。

至於綾瀨同學呢，則是說了要各走各的，出門時間比我早了十五分鐘以上。

畢竟在學校裡都當成不認識彼此，也就沒必要在這種場合公開了。

雖然奈良坂同學知情。不過嘛，就算被別人知道也不至於出什麼問題，所以我和綾瀨同學都沒有想過要堵住她的嘴。

被人家知道再說吧。反正我們又沒做什麼壞事。

就在我看著風景胡思亂想時，車內廣播唸出站名。

車門隨著吐氣般的聲響開啟，於是我下了車。

通過剪票口之後，便看見約十人聚在一起。男女差不多各半，全都穿著水星高中的制服，甚至拿著書包，簡直就像參加課外活動的高中生。

「感覺真怪。」

我輕聲嘀咕。

8月27日（星期四）

說歸說，我身上也是水星高中的制服。

沒錯，在那之後奈良坂同學又傳了ＬＩＮＥ過來，嚴令大家穿制服、帶書包，而且一定要記得帶學生證。據說是為了學生的折扣，可是好像有學生證就夠了吧？

儘管有疑問，不過既然其他人都穿制服，特地穿便服過去也會顯得格格不入，所以我身為一個會順從同儕壓力的普通人，就像這樣穿著制服來了。

我仔細打量聚集在這裡的學生，其中有幾張見過的臉。

「那裡嗎……」

綾瀨同學站的位置和團體有點距離。她也穿著制服。瞄了我一眼後，她小小地鬆了口氣。

嗯，綾瀨同學也一樣，能稱為友人的對象只有奈良坂同學嗎？

奈良坂同學在團體中心，和大家聊得很熱絡。

不愧是水星高中社交能力第一名（我評）。奈良坂同學看見我，踮起腳向這邊揮揮手。她努力伸直嬌小身軀的模樣，讓人想到土撥鼠。那種小動物般的可愛，大概就是受男生歡迎的理由吧。

「早午晚安！淺村同學！」

「早……呃，好像正常地說『早安』就行了耶。」

「在業界就要這樣講才行喔。」

「哪個業界？」

「水星高中業界。」

「喔……原來如此？」

這樣啊，高中是業界嗎?完全搞不懂。

大家站到不至於妨礙剪票口人潮的的位置，做了簡單的自我介紹。雖說簡單，不過每個人講出名字時，奈良坂同學都會插嘴，所以實際上很花時間。

「淺村悠太……請多指教。」

「好的。這位是淺村同學！雖然感覺很低調，不過他是個愈來愈受歡迎的隱藏角色喔！」

「到底是隱藏還是受歡迎啊！」

某個男生很配合地吐槽。

「換句話說，就是『想和淺村同學交朋友要趁現在！』的意思！」

又是一片笑聲。靠玩笑炒熱現場氣氛，大概是奈良坂同學風格的社交技巧吧？

8月27日（星期四）

「對吧，淺村同學！」

「雖然有很多誤解……算了，就這樣吧。」

「請多指教啦，淺村！」

某個身材壯碩曬得黝黑，感覺是橄欖球社的傢伙突然伸手過來要握。當場傻住的我反應慢了一拍，原因不在於被他的個頭嚇到，而是這人第一次打招呼就親暱地省略了後面的稱謂。該不會，這就是奈良坂同學營造氣氛帶來的效果吧？

「彼此彼此……」

我在不得已之下回握，但是對方表現得實在太親近了點。滿滿都是陽角運動型男生特有的現充感。

對於這些太過配合的反應，我靠著陪笑臉勉強應付過去。不過，我總覺得自己沒辦法習慣這種氣氛。

話雖如此，但是我希望綾瀨同學今天一整天能玩得開心，並藉此好好放鬆一下，就努力試著融入他們吧。

自我介紹繼續下去。

不止我，每個人自我介紹時，奈良坂同學都會講點冷笑話，或者故意讓人吐槽以強調這人的名字或特徵，所以就連不怎麼想記別人名字的我，也能夠很快就弄清楚現場好幾個人的性格和名字。原來如此，所以才要一直插嘴嗎？

奈良坂真綾真可怕。

「綾瀨沙季。」

「沙季應該大家都認得……放心，她沒有外表那麼恐怖啦，不會咬人的。」

「嗯，請多指教。」

「叫她小綾綾！」

這是哪來的吉祥物啊？

「普通地叫我『綾瀨』就好。」

綾瀨同學很不給面子地說道。儘管如此，不過可能是因為她不但沒生氣還露出苦笑吧，好幾個女生一臉意外地看著她。原來如此，這些人大概真的覺得綾瀨同學很恐怖吧。

「話說回來奈良坂，為什麼要穿制服？」

成員之一說出理所當然的疑問。

「不是寫了嗎？學生價、學生價。」

「有學生證不就好了嗎？」

「只是藉口啦。如果是穿制服，就算家長很嚴格也出得來對吧？」

「聽不懂啦～」

「不要一直拘泥小事～能穿制服出來玩的時間只有現在，別在意那麼多，好好玩就行了啦。」

發問者似乎不太能接受這個回答，但他看來也不想死纏爛打，乖乖吞下去了。

在旁邊聽了之後，我倒是能夠認同。

看樣子，奈良坂同學比想像中還要體恤別人。

今天參加的學生裡，恐怕有人的家長很嚴格，不說點謊就沒辦法來。好比說學校有委員會的工作、參加入學體驗活動之類的小謊。對方找奈良坂同學商量之後，為了避免一個人顯得格格不入，於是奈良坂同學要求所有人配合穿制服……雖然只是我的推測。

環顧一圈後，完全看不出來穿制服是配合哪個人。大概只有奈良坂同學知情，而且她絕對不會洩漏，所以才能守住這個祕密吧。訂立神祕規矩的不滿只會找上奈良坂同學。而她營造了一種說些蠢話也無妨的氣氛，因此不至於發展成致命性的不和。

再次讓人見識到奈良坂真綾的社交能力有多麼強大。

「那麼，要走嘍～！」

隱藏自己優秀協調能力的奈良坂同學，很有精神地領頭朝著換乘的民營鐵路剪票口邁步。

好啦，奈良坂老師帶隊的締造暑假回憶之旅——遠足就此開始。

改搭民營鐵路之後，電車從新宿往西行駛。

差不多在路程過一半時，高樓慢慢消失，藍天逐漸填滿從車窗向外望的視野。

從都心往西代表離東京灣愈來愈遠，為了玩水而遠離海洋說起來也很怪。雖然說不定就是因為附近沒有海，泳池設施才會發達。

響應奈良坂同學召集的，加上我、綾瀨同學，以及奈良坂同學自己之後，男女總共十人。她在挑選時，讓兩邊正好各五人。換句話說，我第一次交流的人多達七人。

移動途中和他們對話起來並不難，讓我十分驚訝。

我原本還怕找話題會很難，實際上並非如此。也就是說真正的社交強者，就算碰上了不擅言辭的陰角，也不會把對方丟下。

「喔，淺村在書店打工啊？」

「嗯。」

「在書店打工好賺嗎？」

「這個就……我沒做過其他的打工，所以不太清楚。」

「不過，暑假期間居然都在打工和暑期班啊，真厲害！」

「嗯，像我根本都在睡！」

「呃，我覺得沒什麼了不起就是了……」

儘管如此，我還是不太擅長應付這種閒聊。

如果要問推薦書籍，要幾本我都講得出來。想到這裡時，我腦中也閃過「啊，對喔，真要說起來，『陳述』好像算不上對話」的念頭。

反過來說，在沒確立主題的情況下傳遞彼此的情報，感覺好難。

總而言之，我們邊聊這些沒營養的話題邊在電車上晃了三十分鐘，之後又在接駁車上搖了約三十分鐘。

終於抵達泳池前。

外面是盛夏的豔陽，一下車就有股令人頭暈的熱氣裹住全身。

室外和有冷氣的車內溫差很大。畫在柏油路上的白線反射陽光，顯得很刺眼。

「這就是泳池？」

我抬頭看著眼前的巨大建築，不由得問道。

說起泳池會讓我想到學校泳池，再不然就是區民泳池。眼前的設施對我來說，看起來就像溫泉旅館。

「這裡是入口。靠前面的是室內泳池，就是那個有透明屋頂的地方。然後呢，再過去還有露天泳池喔。看，那邊能見到一部分遊樂設施對吧？」

奈良坂同學講完，我老實地將所見感想說出口。

「喔……溜滑梯啊。」

「好歹說是滑水道！淺村同學，你反應太平淡了！」

「這好像和反應無關。」

「感覺會不一樣。要是你聽到高中生說來玩溜滑梯會怎麼想！」

「只會想『原來他們是來玩溜滑梯的嗎』。」

「……沙季、由美，妳們也說說他啦！」

她對綾瀨同學和旁邊的女生說道。

「說是溜滑梯又嫌太大了，如果要描述清楚一點，應該說附水流的巨大溜滑梯比較

精確。」

綾瀨同學，妳只是在翻譯吧？

旁邊的田端由美（記得是這個名字。因為奈良坂同學介紹她時說和山手線的車站站名一樣。）同學，聽到綾瀨同學這幾句話之後瞪大眼睛。

「綾瀨同學會開玩笑耶。」

「玩笑……啊，嗯。」

綾瀨同學不會開這種玩笑，她只是想到什麼說什麼而已。

「裡面還有附設遊樂園喔～淺村同學是不是第一次來這種地方啊？」

「這個嘛，應該……是第一次吧。」

我並不討厭遊樂園或動物園。真要說起來應該分在喜歡那邊。只不過別說遊樂設施了，我連廟會都不太願意陪人家逛。與其做這種事，我寧可自己到處轉。

或許會有人說，我就是因為講這種話才會變成陰角。但我希望大家明白，每個人有自己的節奏。為什麼世人總會像有什麼東西在後面追趕似的往前猛衝呢？

「今天就以靠前面的室內泳池為主喔！」

「真的耶。」

ＬＩＮＥ的預定表上也這麼寫。

我在入口買了一日券後入內。

再來就是到男子更衣室換衣服，將昨天才買的新泳褲換上。

和在學校換體育服沒多少差別，倒也沒什麼特別尷尬的地方，但是櫃子的鎖讓我有點不安。呃，因為必須把附橡皮筋的鑰匙綁在手腕上帶進池子裡，要是不小心脫落被水沖走該怎麼辦——會這樣想很正常吧？我反而想問為什麼大家都覺得無所謂。還是說我想太多？

總而言之衣服換好了，朝泳池前進。

踏入設施一看，就讓我吃了一驚。

如果要比喻，就是我眼前有個巨大溫室。話是這麼說，不過周圍當然不是什麼塑膠布。玻璃或壓克力板吧，總之應該就是那一類。

這裡寬敞到不曉得能塞進幾間體育館，內部有個看似模擬海灘而造的巨大平淺池，約占了總面積的三分之一，甚至有附浪潮。除了常見的溜滑梯……不，那種像是滑水道的東西之外，還有很多不知道該怎麼玩的遊樂設施。

聞得到與海洋不同的游泳池獨有氣味。

8月27日（星期四）

人潮算還好吧，比想像中來得空曠，不愧是暑假即將結束的平日。幸好沒有變成人擠人。

我們和女生會合。

五人都穿著一眼就看得出才剛買的新泳裝，原來如此，女生會在意這種地方啊——我想起昨天綾瀨同學的樣子。不像我，總覺得衣服這種東西是沒得穿了才需要買。

奈良坂同學是裸露程度偏高的比基尼。檸檬黃和她的開朗性格十分相稱。只不過，可能是矮個子與舉止的關係吧，和「比基尼」一詞會聯想到的煽情感相去甚遠。比較容易讓人覺得可愛。

綾瀨同學則是相對裸露程度較少的兩截式。雖然露出雙肩，不過用肩帶吊著的上半截與下半截之間沒有空隙。

大概是因為熱吧，入夏之後，綾瀨同學喜歡穿露出雙肩的衣服。在家裡我幾乎天天都看得見。儘管如此，看見她穿上泳裝時，我的心臟依舊猛然跳了一下。雖然與見慣的模樣很像，卻令人強烈意識到兩者有所不同。

看見女生之後，男生一同爆出「喔！」的歡呼，不過大家最為關切的對象，還是五人之中隱隱躲在後面的綾瀨同學，就連對這種事不怎麼感興趣的我也看得出來。

畢竟身材不一樣。腰的位置偏高，有雙修長的腿。即使穿著裸露較少的泳裝，差距依舊明顯。聽到男生們輕輕吹起口哨，讓我心裡湧起一股難以言喻的情緒。這是怎樣？

「綾瀨真讚耶！欸，淺村你也這麼想吧？」

「呃，這種帶著色情眼光的歡呼……似乎不太好耶。」

我反射性地這麼回答。

一方面也是覺得，在這個說話不小心會被控告性騷擾的時代，講這種話未免太大意。當然，理由不止如此，心頭那股難以說明的鬱悶情緒影響比較大。

然而，我的主張似乎不管用。

「不不不，是男人就該看吧！當然該看吧！」

「不得已，這是不得已！」

說著他們又歡呼起來了。

我內心的不悅寫在臉上了嗎？還是有藏起來呢？我自己也不清楚。

正當我打算進一步反駁時，奈良坂同學插嘴了。

她左手扠腰，伸出右手指著我們。

「好啦，那邊的男生！淺村同學說的沒錯！敢用色情角度看的男生，要戳瞎眼睛

喔！」

說著，她用已經伸出的食指加上中指比出戳眼架勢。真危險啊，奈良坂同學。

不過多虧了她，男生這邊的熱鬧氣氛頓時冷卻。

也是因為注意到女生的冰冷目光落在自己身上。

不過嘛，我也是健全的高中男生。即使是陰角，依然能明白他們的心情。明白歸明白，然而在現代那些話不能當她們的面說出口，這點還是學起來比較好。

而我前面的言論也只是倉促間脫口而出，至於算不算高尚，我自己也不曉得。

感受到視線的我回過頭去，發現綾瀨同學就在同一時間別開目光。

剛剛……她在看我？可是，我的疑問沒得到回答。綾瀨同學馬上就擠進女生的圈子裡了。

「好啦好啦，打起精神去玩嘍～！」

奈良坂同學就像要重新加熱現場冰冷的氣氛一般，高聲宣告。

「在吃飯時間之前，大家一起去遊樂設施玩！先從那個超大溜滑梯開始！」

她指著滑水道。

……這種時候，說那個是「溜滑梯」好嗎？

根據奈良坂同學那份寫著「創造夏日回憶吧預定表」的行程，上午是以各種遊樂設施為主，大家一起玩。

首先是滑水道。比起在設施入口看見的室外滑水道雖然小了點，不過因為是從差不多兩層樓的高度滑下來，所以頗為刺激。接下來，我們又是鑽過如瀑布般灑落的水幕、又是在迷宮裡徘徊的，一邊歡呼一邊玩遍各種遊樂設施。

在玩的同時，我想到預定表上的行程，不禁對奈良坂這份計畫的用心良苦感到讚嘆。

這種地方提供的遊樂設施，具有安定的娛樂性。

換言之，不管參加的是誰，都能得到一定程度的樂趣。

這次的十個成員，說穿了都是些平常沒什麼聯繫的人。想避免要好的人聚在一起導致有人遭到冷落，其中一種方法就是讓所有人都初次見面。不過嘛，我和綾瀨同學並非初次見面就是了。

只不過在這種場合，就算大家都是同一所高中的同學年好了，十個人不同班、性別也不一致，根本不可能立刻混熟。更別說像奈良坂同學這種交遊廣闊的人，朋友自然也是各式各樣。

有的是運動系社團、有的是文化系社團、有的在委員會結識、有的嗜好相近。

所以說穿了，要做到超出日常對話的交流都有困難。根本沒有共通話題。

因此奈良坂同學大概是這麼想的。

大家一起玩能夠提供安定娛樂的遊樂設施。

這麼一來，能確實地讓大家開心，上午的體驗會成為共通話題。

吃飯時應該也就聊得開了。

所以，將並非聯誼專家的一介高中生所策劃的活動放到後面，先讓大家玩安定的遊樂設施。到了下午，似乎就有奈良坂同學策劃的男女混合活動。

這種事說起來簡單做起來難。因為自己策劃的活動，看起來總是比任何遊戲都要來得有趣。但是她能夠故意將活動放到後面，倘若大家玩得太高興或者碰上突發狀況導致時間不夠，就能乾脆地割捨掉（預定表上這麼寫）。

如果不將參加者的優先順位放在自己前面，做不到這種事。

過了十二點，我們看準用餐區空出位置的那一瞬間，決定趁機吃午飯。看見大家如同預期笑著聊起上午的活動，可以說奈良坂同學漂亮地達到了目的。

8月27日（星期四）

至於我，也很高興能看見綾瀨同學和周圍的女生談笑。

午飯吃完後，大家稍事休息。

我們決定一起到那個巨大平淺池玩。

可能因為是暑假末的平日吧，這個不時會有浪打上來的池，空曠到即使幾個人聚在一起玩也不至於影響周圍。

游泳池不像海邊，不能打沙灘排球也不能玩沙。

所以雖說要大家一起玩，能玩的遊戲依舊有限。

儘管處於這種情況，奈良坂同學依舊在預定表上介紹了幾個活動。

「所以說呢，我們先來玩個簡單的浮板黑白棋！」

「好～！」

大家就像小學生一樣很有精神地回答。儘管聲音多少有點平板，綾瀨同學終究還是張開嘴小聲地說了，相當有趣。

在我看來，那與其說是「好～」，不如說是比較像「喔～」。

浮板黑白棋是不是正式名稱，這點不得而知，或許命名者是奈良坂真綾。不過這是個規則很單純的遊戲。

準備數量與人數相同的浮板，最好是能辨別正反面的那種。幸好，此地每人限借一個的浮板就屬於這一類。

讓這些浮板正反各半地浮在水面上，成員則是分成兩組，各自拍打浮板將它翻過來，僅此而已。

「用石頭和布分組喔～好啦，這邊是石頭。布在那邊喔。」

分成五對五。

猜拳出布那邊是「正面組」，出石頭的是「反面組」。

我和綾瀨同學偶然分在同一組。奈良坂同學則是敵對陣營。

「我這就設定計時器喔。限制時間三分鐘。時間到的時候，如果浮板正面朝上的多就是正面組獲勝，相反則是反面組獲勝。」

「好。」

「我知道了～」

「不可以抱住浮板或抓著浮板不放喔。浮板會在水面漂，大家只能盡量拍打浮板邊緣將它翻面。不過，為了避免自己隊伍顏色的浮板被對手拍打，可以像這樣讓浮板漂走。各位好孩子，規則記住了嗎～？」

8月27日（星期四）

她說「像這樣」的同時，朝水面上的浮板一推，示範怎麼讓浮板遠離。

「了解！」

「男生～！不准作弊喔！」

「不會啦。也太不相信我們了吧～」

對於田端同學的警告，被她盯上的男生——應該是叫明神吧？故意裝出不滿的樣子。

奈良坂同學用放進防水袋的手機設定好時間，宣告比賽開始，於是我們在泳池邊緣玩了起來。

這遊戲比想像中還要難。真要說起來，它原本是在無浪水池玩的遊戲吧？什麼都不做浮板也會漂走，卻規定不准抓著不放，那麼就得有人不斷把浮板推回場內。

玩著玩著，自然分成在流向上等著把浮板推回大家那邊的人，以及負責拍打浮板翻面的人。這就是所謂的臨機應變。

奈良坂同學的手機播放輕快的旋律，似乎已經三分鐘了。

「好，停！不能再拍嘍！」

聽到奈良坂同學的號令，大家一起停手。

結果是六對四，我和綾瀨同學這一隊贏了。

贏家發出歡呼，輸家則不甘心地拍打水面。大家似乎都很認真地奮戰，個個氣喘吁吁。

「很好很好。那麼，再來一場喔！」

似乎已經重新設定好時間的奈良坂同學說道。

大家氣勢洶洶，各自想著「下一場也要贏」或「下一場我要贏」。

話說回來……雖然好像沒人注意到，不過奈良坂同學用來計時的音源，那個……好像是動畫的主題曲耶。若問我為什麼會注意到這種事，則是因為前一季我在丸的推薦下看過。看樣子，奈良坂同學連動畫也有涉獵。這人的興趣真的很廣泛。

第二場輸了。

畢竟我和綾瀨同學對於運動都不怎麼熱衷，體力撐不住。五人裡有兩個派不上用場，這麼一來自然敵不過平常就在玩的人和運動社團的人。

「那麼，今天的活動時間結束～！休息之後是自由時間喔！四點要開始撤退，到時候記得回來這裡！」

奈良坂同學說完，我一屁股坐到池畔。

唉呀呀。大概是用了平常沒在用的肌肉吧，我累到連一步也不想走。真想就這樣躺下來。

我也提不起勁跟那些精力充沛到衝去要再玩一輪的傢伙走，打算一個人悠哉地休息，就在此時，綾瀨同學走了過來。

我撐起精疲力竭倦意十足的身軀。

綾瀨同學探頭打量我的狀況，顯得有點擔心。

「沒事吧？」

「嗯，只是累了而已，沒什麼啦。可是大家真厲害耶。體力好，運動神經也很優秀。」

玩遊樂設施的時候也好、玩小遊戲的時候也罷，有所表現的都是那些應該平常就很愛玩的現充。至於我呢，我原本就是不愛跑出門的人，所以不怎麼起眼。雖然我對這點不怎麼在意就是了。

「不過，你剛剛那樣很帥。」

「咦？」

對於綾瀨同學這句出乎意料的台詞，最吃驚的人就是我。

「剛剛的小遊戲。淺村同學，你一直在把漂走的浮板推回場內吧？」

「啊～」

這個嘛，因為不這樣就玩不下去嘛。不過到頭來，其他注意到的人也開始做一樣的事了。

我這麼表示之後，綾瀨同學輕輕搖頭。

「不過，是淺村同學最先發現的。而且，把浮板推回來時，你把翻面的任務交給隊上其他人。那明明是這遊戲最有趣的部分。」

聽到綾瀨同學這麼說，我吃了一驚。我沒想過會有人注意到這點。

把漂過來的浮板推回去時，如果是正面，只需要直接推回隊友那邊就好。問題在於反面時，如果將重點放在勝負上，那麼把浮板翻面再推回去比較有效率。畢竟遊戲規則就是這樣。

不過隊友就在附近時，我會說聲「拜託了」，然後單純把浮板推過去，讓隊友負責翻面。

問我為什麼？理由就像綾瀨同學說的，因為這個動作才是遊戲最有趣的部分。

那些放著不管就會順著波浪漂過來的浮板，全都由我一個人翻面也沒意義啊。這麼做多半沒辦法讓大家開心，何況是難得的團體對抗嘛。

「啊～沒有啦，只是不願意背負想表現卻失敗的風險而已。」

就某方面來說，這也是真心話。

「是嗎？嗯，客觀的事實無所謂，只是我基於個人主觀想稱讚你。純粹是我覺得這樣很帥而已，就像專心支援的後勤人員那樣。」

「後勤人員會帥嗎？」

「每個人評價的標準都不一樣吧？」

「這個嘛……的確沒錯。雖然聽到人家這樣說，會讓我不好意思就是了。」

聽到我這麼回應，綾瀨同學輕輕一笑。

不是會在家裡看見的冷淡表情，也不是應對老爸時的多禮笑容。沒錯，如果要舉例，大概就像照片裡年紀還小的綾瀨同學那樣，天真無邪。

啊，幸好有插手這件事——我打從心底這麼想。

絕對不是出於「希望幫助綾瀨同學」這種傲慢的想法。有證據支持我這麼講。

如果抱持適當距離，絕對看不到綾瀨同學嶄新的一面。一想到在此刻，看見這一面的人只有我，就有種無聊的優越感。不管怎麼想，我做這些事都只是為了自己。

「嗯，就這樣。」

說完，綾瀨同學站起身。

我順勢抬起頭看向她。

「那麼……」

泳衣吸了水，顏色比乾燥的時候更深。裸露不多的肌膚沾了點水滴，散發些許光澤。她一甩動濕透的秀髮，便有水珠飛散。

「再去游一下吧！」

她將雙手交叉向上伸展，做些簡單的熱身動作。

「……怪了？」

看見這一幕的瞬間，我突然有了自覺。

為什麼呢？某種感情非常自然地、突發性地，浮上心頭。

啊，我喜歡她。

這句話先冒出來，接著我才對自己萌生的這種感情覺得驚訝。

8月27日（星期四）

大概是因為，在這之前產生這種感受的機會明明要多少有多少，卻偏偏是因為這種小地方、因為至今應該已經看過很多次的動作而這麼想。

只不過是雙手交叉向上伸展而已。

僅此而已。

既沒有被告白，也沒有一起克服過危機。

誰喜歡上誰、誰向誰告白——這些在教室發呆時會鑽進耳裡的對話，過去我總當成別人家的事，卻沒想到自己成了這類話題的當事者。

老實說，我不太會應付女生。

小時候看見老爸和母親的樣子，覺得反正結婚也不會幸福，所以我對男女關係向來冷眼旁觀。如果沒辦法在不說話的情況下也看出對方在想什麼，就會惹人家生氣。人家會逼你隨時展現誠懇的紳士風範，要為對方著想時又會抱怨為什麼不強硬一點。到頭來，對方甚至跟外頭更有錢、她口中更有男子氣概的男人搞在一起，結束這段關係。

對我來說這就是男女關係的全部，所以我先前從來沒有喜歡上任何人的經驗。

儘管如此，但為什麼是此刻？為什麼偏偏是這個人？

因為是現實，所以自己內心產生的變化，突然得令人困惑。莫名其妙。

很多人說，這種感情很美好、很可貴。我卻沒想過，它來得這麼乾脆，就像突然湧出的短暫泡沫。

我看著綾瀨同學遠去的背影——看著那滴著水，比平常更為閃耀數倍的背影，心裡這麼想。

她是妹妹。

可是，她是**綾瀨同學**。

沒有血緣的妹妹。

到了四點，我們開始準備撤退。

到更衣室換完衣服之後，我頓時發現到自己有多疲憊。全身都在發燙，就像剛泡完澡一樣沉重。曾在學校上完游泳課後感受過許多次的疲憊。

男生在出口集合的速度比較快。唉，畢竟平均來說女生的頭髮比較長，要弄乾也花時間。這是難免。

我們搭上五點準時發車的接駁車，告別泳池。

和來時一樣，接駁車三十分鐘，電車三十分鐘。大概是因為共享同一段時光，我們聊得要比去程更熱絡。

抵達解散地點新宿時已經六點。

通過剪票口，寬敞車道的彼端就是天空。

儘管天空還帶有暗紅，太陽卻已經相當偏西。看見讓暮色變狹窄的高聳建築，便令人感嘆地想——回到高樓大廈林立的都會了呢。

「嗯～玩得真開心～！」

「看妳這麼有精神，代表妳根本還想玩吧，真綾。」

「肚子餓了所以沒辦法！」

對於女生的吐槽，奈良坂直截了當地回答，大家都笑了。

接下來分成搭公車的人、搭ＪＲ的人、搭民營鐵路的人。也有人騎自行車。

我和綾瀨同學是搭電車到澀谷站，然後我騎自行車，綾瀨同學徒步。由於方向相同，所以我們回程同行。

總不會有人猜到我們連從澀谷車站回家都同路吧。

「那麼，學校見啦！」

解散的吆喝一出，我們各自準備離開。

8月27日（星期四）

「啊，淺村同學，先等～！」

「這哪國語言啊？」

我走向朝我招手的奈良坂同學。

「嗯～機會難得，我想登錄一下你的ＬＩＮＥ。行嗎？」

聽到這一問，我反射性地瞄向綾瀨同學。

儘管她立刻別開目光，但沒有瞪我。應該吧。唉，畢竟是同學，這點小事也算正常吧。

「行啊。」

在交換ＬＩＮＥ的同時，我趁機開口。

「奈良坂同學，製作預定表辛苦妳了。」

「嗯？真見外耶～叫我『真綾』就行啦～」

「呃，我們還沒有那麼熟。」

「這樣叫感情不好？一起去游泳池玩過之後，不就等於是好朋友了嗎！」

我不太明白這種邏輯。

「這麼說來，行程表的設計方式，感覺下了不少工夫。多虧有先玩遊樂設施，午飯時氣氛才能那麼熱烈。雖然說，好不容易想出來的好幾種小遊戲最後只能玩一種有點可惜。」

「啊～」

她搔搔頭，顯得有點不好意思。

「嗯……沒辦法，因為時間很吃緊嘛～不得已嘍。」

「不過託妳的福，我也玩得很開心。謝謝。」

「唉喲，就算你一直誇獎我，也拿不到任何獎勵喔？」

「什麼要求都沒有啦。我稱讚妳就只是因為想這麼做。」

「沒什麼啦，不過，我聽了很高興～嗚哈哈哈！雖然沒期待過會有人這麼想，但是有人看到我的努力、注意到我做了什麼，還是令人很開心呢～」

「嗯，這點我大概可以理解。」

——有人看到我的努力、注意到我做了什麼，令人開心。

這種感受我也能體會。

「那麼，再見啦！沙季也再見！之後再傳ＬＩＮＥ喔～！」

「好好好。」

8月27日（星期四）

兩人互相揮了揮手。

奈良坂同學很有活力地邁開步伐，不時回過頭來揮手。

「久等了。」

「嗯，倒也沒有等很久。」

我和綾瀨同學通過ＪＲ剪票口，踏上回澀谷的路途。

沒什麼特別的理由，在電車上我們都沉默不語。

通過澀谷的剪票口之後，我們朝著自家公寓的方向走去。

我領回放在停車場的自行車，推著車緩步走在綾瀨同學身旁。

天空逐漸從暗紅轉為藏青。儘管周遭景色蒙上一層陰影，建築點起的燈光卻照亮了道路。

ＫＡＨＡＴＡＲＥＤＯＫＩ，或者，ＴＡＳＯＧＡＲＥＤＯＫＩ。

寫成漢字，分別為「他是誰的時刻」，「『誰？他問』的時刻」。用來指難以辨別人臉，不開口問對方是誰就不知來者何人的那段時間。

如今「他是誰」主要用在清晨，「誰？他問」多指傍晚。

現代通常寫成「黃昏時分」吧。

不過，我偏愛彷彿會有似人卻非人者出沒的「ＫＡＨＡＴＡＲＥ」。

這個詞不是很符合逢魔之時——會遭遇妖魔鬼怪的時段嗎？

身邊的人，真的是我所認為的那個人嗎？這個帶來不安的詞語，令我覺得自己並非身在現實……

「你和真綾變得很熟了呢。」

綾瀨同學這麼一說，我回過神來。

「啊，嗯。我也想謝謝她邀我同行嘛。」

「謝謝。」

「咦？」

「畢竟是朋友嘛。聽到人家稱讚她，我很開心。」

在那個距離，理所當然聽得到我說了些什麼吧。雖然我沒講什麼不能被人家聽到的話，卻有種奇妙的心虛感。

「話說回來，呃，有放鬆到嗎？」

「託你的福嘍。」

說著，綾瀨同學對我輕輕點頭。我喜歡在泳池游泳——她輕聲說道。

8月27日（星期四）

「所以，久違地游了個痛快，讓我很開心。幸好有聽你的。」

她露出笑容。

看見她的表情，便讓我想起方才那股無法言喻的感情。

對於身旁的少女，萌生了疑似戀愛感情的某種想法——至少能確定，我從她身上感受到了女性的魅力，這點讓我相當煩惱。

用這種眼光看綾瀨同學，恐怕會破壞好不容易培養出來的信賴。將這種感情說出口，大概也只會令她困擾。

可是，我總覺得綾瀨同學似乎也不討厭我。

我該怎麼做才對呢？

身陷感情迷宮的我，話愈來愈少，被傳染了沉默的綾瀨同學也閉口不語。車輪轉動聲「喀啦喀啦」地響，與節奏相合的兩人份腳步聲重疊。

看不了她的臉。只能盯著地面。綾瀨同學現在究竟看著哪裡走路，我已經無從知曉。

我感覺到心跳愈來愈快。

日暮時分，和漂亮的女生走在一起，這也是理所當然的？

不，不對。

上個月，我和讀賣前輩在晚上跑去電影院。那時我的確也很緊張，卻能肯定地說「不一樣」。正因為發生在不久之前，更能清楚感受到當時與此刻的差距。

只不過，如果要問差別在哪裡……儘管實在難為情到讓我沒臉見人，我卻沒辦法用言語將它表達出來。

本能讓我明白兩者不同，至於怎麼個不同，則關在無法分析的黑盒子裡。

雖是自己的感情，卻真的讓我搞不懂。

我看著在柏油路上按照固定間隔前進的輪胎，自行車的影子愈來愈濃。

抬頭仰望天空，夜晚不知不覺間已經到訪。想著黃昏時分真短的同時，有句話浮上心頭。

啊，月色真美。

「淺村同學你啊，很擅長尋找別人的優點對吧。」

「咦？」

突然聽到這句話，我不由得看向身旁的綾瀨同學。

綾瀨同學也看著天空。大概，是在看月亮吧。

8月27日（星期四）

她的視線轉向我。

「真綾的事。你剛剛稱讚她了對吧？」

「喔，那個啊。」

「淺村同學真的觀察入微。令人尊敬。」

「是……這樣嗎？」

「嗯，我覺得是這樣。人家的辛苦，你都有看在眼裡。在泳池也說過，我覺得這點很帥。我覺得這樣很棒喔——」

讚美之詞接連不斷，令我的心臟跳得愈來愈激烈。

不過，緊接著她所說出來的，卻讓我一句話也說不出來。

「——**哥哥**。」

我不禁倒抽一口氣，呆呆地看著綾瀨同學的臉。照理說已經見慣的側臉，彷彿成了個陌生人。

哥哥。

哥哥。

哥哥。

儘管重複多少次都不會改變詞語的意義，我卻不斷在腦中反芻。

哥哥。

換句話說，她將我當成哥哥。

我不明白，先前始終不肯這樣喊我的綾瀨同學，為什麼會在這種時候用上這個稱呼。

但是，有什麼值得不可思議的地方嗎？她是這個世界上唯一這樣稱呼我才自然的女孩，不是嗎？

「呃，突然這樣嚇到你了嗎？不過，你關心我、為我做了很多。簡直像個可靠的親哥哥……」

這麼想，會很奇怪嗎？

綾瀨同學這麼說，歪著頭露出微笑，讓我**無法說出真心話**。

「不……我很開心喔，綾瀨同學。」

「……啊哈哈。不過，感覺還是怪怪的呢。」

8月27日（星期四）

老實說，她這麼做幫了大忙。

多虧這一聲突如其來的「哥哥」，讓我得以回神。

我到底在想什麼啊？

綾瀨同學那種友善的態度也好、稱讚的話語也罷，對象都只是「兄長」。

她信任我，將我當成能夠建立對等關係的人。正因為沒對漂亮的同居人抱持詭異的期待或汙穢的慾望，能夠維持一段愜意的關係，才會覺得好相處。

儘管如此，我剛剛卻想打破這個規矩。

「我今天有點累，晚餐弄點簡單的行嗎？」

「……嗯，行啊。」

就連平凡無奇的日常對話，此刻也讓我覺得很恐怖。

剛剛我說話時，有沒有維持平常的冷靜？

抵達公寓。我表示要去停車場，在大門前和綾瀨同學暫別。

將自行車推到有屋頂的停車位，停好車並鎖上之後，我仰望天空。

在公寓的高牆遮蔽之下，看不見月亮。

我深吸一口氣，讓自己冷靜下來。

8月27日（星期四）

綾瀨同學不在旁邊。如果只是受到外表或費洛蒙之類的吸引，那麼只要不在本人面前，說不定就能讓燃起的火焰熄滅。這麼一來，便能將那種疑似戀愛感情的東西當成一時昏了頭，將它忘掉。

「不行……」

明明知道不行，明明曉得不能有這種感情，我的情緒卻始終沒有要平息下來的樣子。

「我回家時該露出怎樣的表情才好啊……」

沒有人回答我。

理所當然。

因為，這句話不能讓任何人聽到。

8月28日（星期五）

「搞砸了……」

上次睡過頭是多久以前的事啊？

我醒來時別說中午，就連暑期班都已經開始上課了。老爸特地替我付了補習費卻蹺課，實在不孝到了極點。我感到十分愧疚。

昨晚根本睡不著。晚飯雖然一起吃，吃飯時的對話卻很僵硬，氣氛相當詭異。即使躺上床，一整天的經過以及和綾瀨同學的回憶仍舊在眼皮底下閃過，無法入眠。

我到底在幹什麼啊？

好渴。總之要喝點東西。

我伸手把翹起來的頭髮弄得更亂，在連洗臉都痛苦的情況下走到起居室，隨即有個出自女性之口的「唉呀」迎接我。

「悠太，早安。」

「怪了，亞季子小姐……老爸也在？」

「對啊，早。」

正在用平板閱讀某種東西（多半是電子報）的老爸，抬起頭擺了擺手。

老爸和亞季子小姐面對面而坐，餐桌上擺了兩杯冰咖啡。

開著的電視在播串流媒體上製作精美的海外戲劇。

一段安穩幸福的時光。

「悠太？」

「啊……抱歉。早安。」

發現自己愣在原地引來擔心的眼神之後，我連忙道早安。

我逃跑似的移動到廚房，打開冰箱拿出麥茶。倒完之後，我就像在沙漠裡找到水的旅人一般，一口氣喝乾。

在開著冷氣的家裡喝冷飲，似乎能讓人一口氣涼到腦髓，我的腦袋清醒多了。

「為什麼你們都在家裡？」

「我和亞季子商量好了。彼此都把夏季特休排在週五、週一、週二，讓連續假期在同一個時間。」

「啊，原來如此。你們排得還真晚呢。」

「其實休太多會被長官盯上，我原本沒打算休假的。但是亞季子無論如何都希望我休假。」

「抱歉要你配合我的任性，太一。因為我覺得，如果挑在今天就能一家四口悠閒地過。」

「一家四口，悠閒地……」

「我聽沙季說嘍。昨天和今天沒有排打工對吧？」

沒錯。

幸好去泳池的隔天原本就休假。

畢竟以疲勞狀態面對書店忙得不可開交的週五等於自殺嘛。

我姑且不論，如果這天不休假，綾瀨同學說不定會為了保留體力而無法盡情享受泳池。

「已經這個時間，悠太的補習班也確定蹺掉了嘛。哈哈哈。」

「該不會，你們是故意不叫我起床的？」

「又念書又打工的太認真啦，偶爾這樣也不錯喔。」

「雖然不能說是壞事……」

「呵呵，這是父母的任性，希望你能原諒我們。」

不止老爸，連亞季子小姐也氣定神閒。

亞季子小姐說了聲「我去幫你弄早飯喔」，便走向廚房。

我的新媽媽，在把油倒進平底鍋的同時，以非常溫柔的眼神看著我。

「謝謝你，悠太。」

「咦？」

「謝謝你帶沙季去游泳池。」

「喔……哪裡，邀約的人是她朋友。」

「不過，如果不是悠太你把那孩子拉過去，她多半不會參加。」

「……說不定真的是這樣。」

「所以，謝謝你。有悠太當她的哥哥，我就放心了。」

我嚇了一跳。

亞季子小姐多半出於無心的一句「當她的哥哥」，聽起來就像在責備我內心那股不該有的感情。

「離高中畢業只剩不到兩年對吧……再兩年她就要離家了。一想到能悠閒團聚的機會已經所剩不多，就讓人有點寂寞。」

看見亞季子小姐不捨的笑容，令我回過神來。

一家四口，悠閒地過。

這小小的心願，對於亞季子小姐來說，應該就是最重要的事。

而且，對於老爸來說也一樣。

婚姻失敗，幾乎沒體驗過家庭幸福的男女。再婚後的此刻，會覺得平凡無奇的團聚時光最為寶貴，也是理所當然。

如果知道我對綾瀨同學抱有戀愛感情，他們會怎麼想呢？

遭到欺凌、飽受委屈之後，好不容易才抵達幸福所在。我能以自己不合常理又自私的失控情感，將他們的安寧毀於一旦嗎？

——當然不可以啊。

親生母親的臉在腦中浮現。自私地將情緒發洩在工作到精疲力竭的老爸身上，最後甚至另結新歡溜走的女人。過去的我總是瞧不起這個人，將她當成沒有理性的猴子。

我並沒有特別敬愛老爸，但我可不想當個只顧自己戀愛的自私鬼。

8月28日（星期五）

如果問我能否藏起剛萌生的感情，馬上就回答「做得到」一定是騙人的。

但是，想來我也只能將這份感情藏在心底，花費漫長時間將它抹消……真的抹消得了嗎？

無論是當成一位女性看待，還是當成一個人看待，她都如此充滿吸引力，我真的能夠死心嗎？

「這麼說來，綾瀨同學呢？還在房間裡？」

「應該馬上就要回來了。」

「原來出門啦。喔，真稀奇。」

「嗯，真的。不知道幾個月沒去了……唉呀，才剛提起她，人就到了。」

家門開啟的聲音傳來。接著是踩過走廊的腳步聲。

「幾個月？這是什麼——」

話還沒說完，我就停住了。

因為不用問亞季子小姐，答案已經出現在眼前。

「我回來了，媽媽、爸爸。」

來者嗓音宛如濾過的水般清澈。出現在起居室的人，就是綾瀨沙季……應該。

我之所以沒自信，則是因為她並非我見慣的綾瀨沙季。

「回來啦，沙季。唉呀～新鮮！」

「妳回來啦，沙季！喔，變了很多耶！」

雙親異口同聲地這麼說道。

沒錯，她變了。

綾瀨沙季的武裝象徵，那頭小麥田般的金色長髮，剪短了。

原先到背部的長髮如今只有及肩，是修剪出層次的中長髮。

可能是比較難藏在頭髮底下的關係吧，耳環比以前更有存在感，宛如極為漂亮卻露牙威嚇別人的蛇。

三個月。

沒錯，這讓我想起，自己和她邂逅才三個月。

人活著，頭髮的長度當然會變，體型和化妝方式應該也會逐漸有所不同。

但是對我而言，這還是第一次目睹她有了重大改變。

8 月 28 日（星期五）

在故事裡，這種行為往往伴隨重大決定或轉捩點，因此我不禁產生「為什麼是現在？」的疑問。儘管其中多半沒有重大含意，但是我總覺得感受到了什麼，自顧自地覺得震驚。

最後終於擠出來的，則是一句平凡無奇的普通話語。

「妳回來啦……綾瀨同學。」

「我回來了，**哥哥**。」

簡單明瞭，毫不猶豫。就在雙親面前，綾瀨同學喊我「哥哥」。

「沙季……妳剛剛……」

「沙季……！」

雙親帶著喜悅的聲音，彷彿隔了一層薄膜似的，模糊不清。

不肯縮短彼此的距離，相處始終不帶感情——對於一直擔心兒女這種狀態的夫妻來說，綾瀨同學這句話，是個讓人感受到家庭關係有了明確進步的好消息。

為什麼突然剪了頭髮？

為什麼願意喊我「哥哥」了？

由於沒說出口，所以改變的理由只能靠推測，但我覺得她在警告我。

我們是兄妹喔。

不是**那種對象**喔？

真是諷刺。

明明像這一類的問題，要是能開誠布公彼此磨合，才真的叫方便。

因為，不需要說出真心話讓我鬆了口氣。

要怎麼樣才能和自己的感情達成妥協呢？現在的我需要時間思考。

為了克制戀愛感情，維持兄妹關係。

必須在綾瀨同學沒發現的情況下，找出抹消這種感情的方法。

我盡力克制住想要盯著她新髮型看的心情，暗自下定決心。

尾聲　綾瀨沙季的日記？

——以下是這一星期以來的紀錄。

到底該怎麼辦才好呢？

我一直盯著天花板想這個問題。

現在……四點，三十六分。

八月末的日出在剛過五點時，所以天還沒亮。

還有一個半小時可以像這樣躺在床上。昨天累得早早就睡了，所以醒得比預期來得早。

眼角餘光捕捉窗簾有些許晃動。空調的風沒有往身體吹，將逐漸攀升的氣溫維持在舒適的狀態。

從隱隱翻起的窗簾縫隙，可以看見玻璃窗另一邊，被切成長條狀的澀谷拂曉。

晴天，今天應該也會很熱。

我在想。

一個月——一個月勉強還撐得住。

和那個人在我不知道的地方增添回憶，令我不甘心；某人知道我不知道的他，令我不甘心。

不，我先前甚至沒發現自己不甘心。只能感受到某種情緒籠罩心頭，令我悶悶不樂。

這是什麼？

弄清楚這種陌生情緒為何，是一個月前的事。

它叫嫉妒。

我寫在日記上。

寫了之後才有自覺。

他和別人相處時，總是表現得平易近人。

所以就算是個性很麻煩的我，也願意磨合。看待我時沒有偏見。認同我不讓任何人看見的辛苦與努力。願意理解我。

我希望更加認識這樣的他。希望自己能理解他。

淺村悠太。

我被他吸引。

但是，看見媽媽和繼父幸福的樣子，就讓我覺得自己不能破壞這種幸福，淺村同學如果知道我這份感情，想必也會感到困擾吧。

會覺得很頭痛對吧。

因此，就算是在打工地點，我依舊表現得像個陌生人。

「淺村先生。」

每當我用這種像是剛認識的稱呼，就覺得自己又遠離他一步。可是，如果不這麼做，我大概會更貪心吧。

我就這樣撐過了一個月。

究竟是什麼時候決堤的？左思右想之後，我覺得大概是那個時候吧。

淺村同學差點被媽媽那種神祕說服方式騙到的早上。別看媽媽那樣，她真的很擅長一句話就把別人糊弄過去。

不過這也無妨。畢竟就算是淺村同學，大概也沒辦法一直都很精明。雖然我覺得他平常應該會更冷靜就是了。

不過，在那之後繼父說的話卻出乎意料。就連媽媽都問我要不要用名字稱呼。像是「悠太哥」之類的。

麻煩先等一下。

怎麼可能喊得出口啊？喊他「悠太」。要我用名字稱呼，哪可能做得到？不過，世上的兄妹都是這樣嗎？真的？世上的妹妹們，會用名字稱呼哥哥嗎？難以置信就是了。

然後，義父的那句話。他說和媽媽交往之前，是稱呼媽媽「綾瀨小姐」。他居然說了這種話。

今後，每次淺村同學用綾瀨這個姓氏稱呼我的時候，就會讓我想到這件事吧。「交往前」。

交往。所謂的交往……像是兩個人出去玩之類的？

就在我呆呆地想這些時，淺村同學跑來問我暑假的預定計畫。

他兜著圈子問我，有沒有計畫和朋友出去玩。

之所以反射性地回答「沒有」，是因為前一天真綾找我去游泳池。而且，她還說「和淺村同學一起來啦」。游泳池，真棒……若是和淺村同學一起去就更好了。我這麼想。

真綾邀我之後，我一直在想這些，根本沒辦法準備考試。訂立的計畫，執行進度連一半都不到。

我還發現另一件事。自從開始思考淺村同學的事以後，我滿腦子都是他。沒辦法念書了。

我明明一直在想，為了不成為媽媽的負擔，必須快點自立。因此一定要維持現在的成績。沒有淺村同學那麼聰明的我，非得花更多時間不可。

正因為如此，我必須拒絕得夠徹底。

甚至特地跑去他的房間。

告訴他，我和真綾不是那種會在暑假一起出去玩的關係。還好他相信了。如果他追問下去，我真不曉得該怎麼辦。

即使如此，我還是擔心他是否已經發現我很焦急。淺村同學非常敏銳，會注意到很

多細節。

我花費十分鐘以上還找不到的書，他三兩下就找出來了。

他好厲害。那位奶奶也非常高興。

不過他說，如果是那個人，會更快發現。

那個人——讀賣栞小姐。

不願繼續聽到他讚美那個人的我，懷疑自己其實是個心胸很狹窄的人，覺得不太愉快。

只不過——回家路上。我發現就算是淺村同學，也有不太會注意到的領域。

有點高興。

隔天，起居室的冷氣好像壞了。

怕熱的我，這天就窩在房間裡，直到出門打工。

我開著房間的冷氣，一邊用耳機聽中意的低傳真嘻哈，一邊努力追趕落後的念書進度。

雖然完全沒有進展。

我看準氣溫下降的時機走出家門，在咖啡廳待到打工時間為止。

手邊有流行的星冰樂半價優待券，於是我點了一杯邊降溫邊讀書。是淺村同學推薦的那本。時間到了，我起身準備離開，發現淺村同學坐在店裡。

我忍不住搭話了。

雖然我看見子上放著兩人份的飲料，他似乎是和別人一起來的……

講了幾句話後，我眼角瞄到某個長得很壯的戴眼鏡男生往這邊走。我知道他是淺村同學在水星高中熟識的男生，所以強行中斷對話，離開現場。

畢竟在學校都假裝不認識了，沒必要特地在這裡公開。

不過，原來如此。另外一杯飲料是他的啊。

我稍微鬆了口氣。

之後到了打工的地方，當班的只有我、淺村同學、讀賣小姐——還有另外一位正職員工。

每次見到讀賣小姐，她都會誇獎我。說我工作學得很快、是逸才。我知道她是認真的，所以覺得很尷尬。她明明是個很棒的前輩。

成熟、漂亮，而且容易親近，又喜歡照顧別人。

一想到這樣的女性過去一直待在淺村同學身邊就……

這天夜裡，那件事發生了。

回家路上，我被淺村同學逼問。

他問，真綾是不是有邀我們兩個一起去游泳池。

我嚇了一跳。

淺村同學為什麼會知道？

真不願回想我當時的反應。

我覺得自己的應對顯然很可疑。

那一瞬間，我甚至懷疑真綾是不是直接聯絡淺村同學了。明明只要冷靜一想就會知道，真綾和淺村同學根本沒有那種接點。

淺村同學想去游泳池嗎？

如果他想去，知道我擅自回絕之後，說不定會討厭我。暑假去游泳池玩。我也想去。已經好幾年沒去游泳池了。

可是……

念書一直沒有進度，根本沒那個空去玩。

我是真的這麼想。

「這樣啊。那就不要勉強參加了吧。」（因為，我根本不該去玩。）

「不去。」（不能去。）

宛如副聲道般播放的心聲，像雪一樣飄落堆積，又像冰一樣逐漸凝固……

我覺得自己的心已經到了極限。

隔天早上。我為了避開淺村同學而早起。

在他起床之前做好早飯，然後快快窩回自己房間。只要傳LINE告訴他早飯已經準備好，應該沒問題才對。

他很乾脆地回覆表示感謝。之所以連一個貼圖都沒用，是不是因為我也沒用貼圖呢？他很擅長磨合，總是配合我。

不過，真正的他究竟想怎麼做呢？

會不會，其實他想和別人一樣放些有趣的貼圖呢？如果是這樣，根本不需要配合我的。

別人——像是讀賣栞小姐。

大概是因為在想這些吧，我沒有立刻注意到敲門聲。

我連忙拿掉耳機，將門打開一點點。

門另外一邊的，不出所料是淺村同學，他看見我之後，又提起游泳池的事。

我之所以語氣冷淡，是因為不想繼續聽。儘管如此，淺村同學卻偏偏在這一天表現得很強硬。

他來問真綾的聯絡方式。

大概，是因為他這麼說吧。

難以想像出自我口中的拒絕話語。

不要。

口氣就像小孩子一樣。

看見淺村同學驚訝的臉，我瞬間感到十分慌張。因為我注意到，自己根本沒有權利這麼做。

我盡可能讓自己保持冷靜。

他想問很合理。因為真綾有邀他。我沒資格替他回絕。話是這麼說，但我也覺得不能擅自把朋友的聯絡方式外流。我這麼告訴他，讓他先回去等。

我必須問真綾，能不能把她的聯絡方式告訴淺村同學。

不過，她有說她在旅行。

在人家玩得開心時打電話或傳訊息，會給人家添麻煩吧？

雖然我知道，這完全只是藉口。

這天真的糟透了。雖然淺村同學應該不是故意的，但是他都做些會令我動搖的事。打工時，他是和讀賣前輩一起來的。

問我討厭什麼？討厭面對自己這種會感到討厭的思緒。

淺村同學要和誰做什麼，明明是他的自由。

柔順的黑色長髮。那頭宛如端莊女性象徵的秀髮，就連我也覺得好美，和自然不做作的淺村同學非常相稱。

會不會，淺村同學也喜歡這種亮麗的長髮呢？

如果只論頭髮長度，我也是長髮。

……我到底在想什麼啊？簡直像個笨蛋。

這天我甚至不敢面對淺村同學，打工一結束，我就託人傳話說要買東西，自己先走了。

買完東西回到家時，淺村同學站在廚房。

我這才注意到，自己沒準備晚飯就出門了。

總覺得，他的背影看起來很失落。發現我回到家而轉頭的他，不知道為什麼拿著凍起來的菜飯盒，露出不知所措的表情。

看見他呆呆地拿著裝菜飯的盒子，我不禁笑了出來……

一碰到做飯的事，淺村同學就會無知到難以想像是現代男生。

我想，大概要怪他的生母吧。

根據聽淺村同學的說法，在繼父獨身以後，他有了避開一切手做料理的傾向。會不會，不是他不記得，而是他不願意去記呢？畢竟在現代，要看到這些東西的機會要多少有多少。

儘管如此，現在的他卻拚命地想要記住。

準備晚餐時很開心。

淺村同學總是會幫忙。讓我有一起做飯的感覺。

但是吃完飯之後，他又提起那件事。
他先嘆了口氣後說道。
關於游泳池之約的事。
那聲嘆息，是什麼意思？讓人有點不爽。
我忍不住拿起手機，打算翻出真綾的聯絡方式。
明明我什麼都還沒對真綾說。
但是淺村同學制止我。他說，真綾的事無所謂。
不僅如此，他說的是——希望我去游泳池玩。
莫名其妙。
他為什麼要在意這種事？
我這麼說道。
他說了。說他擔心我，希望我放鬆一點，覺得我多玩一點比較好。
可是，我必須念書。根本沒空玩啊。
要不然……我一定會完蛋。
這天，過了凌晨一點、兩點，我都在想這些事，根本沒念書。最後放棄念書，躺到

床上之後，淺村同學說的話依舊在我腦袋裡轉。

淺村同學為什麼會說出這種話呢？

從六月和媽媽一起搬進這個家算起，已經兩個月。我回想這段時間發生的事，經過一番思索，再次想起他說的話。

關上燈之後，回憶反而像蜃景一樣浮現在黑暗中。

直到能從窗簾縫隙看見的天空已經泛白時，我才終於睡著。

閉上眼睛後，我看見淺村同學嘆氣時的臉。

同時也看見媽媽的臉。

啊，我記得那個表情。

中學時，媽媽曾經問過我要不要去海邊玩。那時我考慮到家中經濟狀況，覺得實在沒那種餘力，而且不想強迫媽媽擠出休假。於是我說還要念書，拒絕了。

就是那個時候的表情。有點困擾的表情。

我明明是為了媽媽而忍耐，卻讓媽媽感到困擾，但我實在不懂為什麼媽媽會露出那種表情。

我就像昏過去一樣陷入沉睡。

注意到眼睛閉著之後，我睜開眼睛——

在慢吞吞地換衣服時，我注意到自己的思緒停擺。怪了？我原本在煩惱什麼？

啊……算了，也罷。

完全無法思考的我，呆呆地換好衣服並走進起居室，發現淺村同學已經起床。我心想，他這麼早起床還真稀奇，一看時鐘才曉得大事不妙。

我搖搖晃晃地走向廚房，淺村同學卻叫住我，說他會自己弄吃的。

不能讓他這麼做。

這是我的過錯。不能只因為睡眠不足就違反契約。

但是，淺村同學就像在安撫小孩子一樣開導我。

到頭來，睡迷糊的我根本無法好好反駁，只能乖乖聽話坐到椅子上。

我把遞過來的烤吐司塗上奶油，再放上煎成微焦的火腿。

聞到麵包的香氣與肉煎過的香氣，讓肚子輕輕地咕嚕叫。討厭，會不會讓他聽到啊？我有點著急。我好像到這時候才發現肚子很餓。

我正等著淺村同學坐下，他卻突然問了這樣的問題。

要喝熱牛奶嗎……他這麼問。實在太不知所謂了。

我頂著昏昏沉沉的腦袋，問他為什麼在炎炎夏日要給我熱牛奶。

他說，既然要再睡一下，肚子裝點溫熱的東西比較好。

這樣啊，那麼，這杯牛奶是特地為我熱的嗎？

我老老實實地咬著吐司，身體漸漸醒了過來。

吃完之後，我小口小口地喝著淺村同學給我的牛奶。

啊，好溫暖。

吹著冷氣的涼風，體內卻有股暖意。

我吐了口氣，感覺比較輕鬆了。身體也是，腦袋也是。

「我一直在想……」

算了，也罷。

「……去泳池玩也可以。」

試著說出口之後，我突然覺得壓在心頭的重量消失無蹤。

只不過，有一個問題。

真綾告訴我的泳池之約，訂在我和淺村同學都有排打工的日子。

睡了大約兩小時之後，我出門打工。

為了拜託店長換班，淺村同學打算提前到，我當然也要跟著一起去。這麼告訴他之後，他表示那就一起去打工吧，還配合徒步的我推車移動。

說穿了，社會經驗頂多只有在家幫忙媽媽的我，很擔心人家不答應更換已經決定好的班表。

途中，淺村同學告訴我交涉的方法。

應該是多虧了他吧，事情似乎進行得很順利。換班得到許可，我們一起在店長面前鞠躬。

淺村同學再次讓我覺得他好厲害。

我根本做不到。

他的社交能力，是不是比他自己所想的還要好啊？

我這麼一說，他便謙虛地表示我太看得起他。他說，只是因為這種場合要求彼此都認真以對，所以比較容易處理而已。

還說這種情況容易進行「精確的溝通」。

聽他這麼一講，我突然懂了。

換句話說，這不就是「磨合」嗎？

想到這裡，我恍然大悟。所謂的交涉，不是讓對方接受自己的任性，而是透過磨合決定在哪裡妥協。

既然想讓自己的要求過關，當然也該聽聽對方的要求。如果天秤兩端的重量不相等，就無法保持平衡。

不僅如此，就算稍微傾向對方一點，我也無所謂。

互相幫助時要多付出一點。我總是這麼認為。換句話說，稍微傾向對方一點，對我來說不成問題。

既然這樣就可以，或許我也能表現得像淺村同學一樣。

換班得到許可之後，店長要我們好好工作。

如果只是這點程度，我有充分的自信能做到。

結果一出爐，我立刻用ＬＩＮＥ聯絡真綾。

告訴她，我和淺村同學會參加。

等不到一分鐘，真綾就傳來「耶～！」以及貓比出勝利姿勢的貼圖，我看了不禁苦笑，接著就是一連串長長的訊息。

標題這麼寫著。

「創造夏日回憶吧預定表」。

……妳在旅行途中還做了這種東西啊，真綾。

做得很棒就是了。

然後到了隔天早上。換句話說，就是昨天早上。

淺村同學只有上游泳課時的泳裝，出去玩時穿那個似乎還是會讓他猶豫。他說下班之後要去買泳裝。

我該怎麼辦？其實我有泳裝。買水星高中指定的泳裝時，我在特賣區找到一件很可愛卻大幅降價的。

上高中時，家裡的經濟狀況已經大幅改善（如果不是這樣，恐怕沒辦法讓我就讀水星高中），當時身上正好有錢的我，因為實在太便宜就買下來了。

那是在高一那年夏天之前，已經過了一年以上。

不過……在那之後，我從沒穿著它游泳。

昨天，收到真綾的訊息後，我試著穿上它，可是有點緊，而且花色似乎和現在的我不太合。

於是在出門打工之前，我試著用網路搜尋各種新泳裝。現在有打工，只買一件倒也不至於買不起。

下班之後，我問淺村同學打算去哪裡買泳裝。

他回答的百貨公司，我看上的牌子也有在那裡賣，所以我說想一起去買。

抵達百貨公司賣泳裝的樓層時，我突然想到，淺村同學會挑什麼泳裝呢？我連忙搖搖頭，把這個想法甩開。

想了有什麼用？我又不能跟著他去選泳裝。

不能跟過去。

他搭乘的電扶梯，就這麼往上方樓層移動。

希望他沒發現我剛剛的焦急。他顯得若無其事，只有我一個人小鹿亂撞。不禁讓我覺得有點奸詐。

然後，就是今天。

好開心。好開心。好開心！

久違的游泳池！

還有很多遊樂設施，游得好痛快！

參加的人裡，有幾個曾經說過話，另外還有幾個見過的，可是說實話，我不太擅長和朋友來往。

我不懂察言觀色，也不喜歡識相地屈就於同儕壓力。

可是，今天我不需要那麼痛苦。

我覺得是因為有淺村同學在。

他雖然也和我一樣不太奉陪真綾的搞笑，應付起來卻比我強得多。他只要想做就做得到。

但是，不喜歡的地方，他會明確地說出來。

我就是被這點吸引。

我們在新宿車站解散。

離開時，真綾叫住淺村同學。

真綾吵著要交換ＬＩＮＥ，不知道為什麼，淺村同學瞄了我一眼。

我不禁別開目光。

為什麼要看我呢？要交換ＬＩＮＥ還什麼的隨他高興就好啦。

這不是淺村同學的自由嗎？

將視線轉回去時，他們已經換完ＩＤ，淺村同學正在慰勞真綾。

聽到之後，我才發現真綾非常慎重地安排整個計畫。

我再次體會到，奈良坂真綾這個人心胸實在很寬大。雖然個頭很小。

她真的很喜歡人呢。

交遊廣闊，彷彿深深愛著人的多樣性。

我就不行。好惡非常強烈。感受到「真討厭」的瞬間，我就會切掉開關，截斷交流迴路。

一想到今天一起玩的人裡頭，大概會有好幾個下次也在場，就讓我討厭起對這件事不怎麼來勁的自己。我的心胸實在太狹窄了。

我之所以不喜歡跟來這種場合，就是擔心人家會看出我的心胸這麼狹窄。

不想讓人家因此不快。這樣不公平。錯不在對方，只是我無法接受。

正因為如此，一看見淺村同學，就讓我覺得他好厲害。

他在玩真綾準備的小遊戲時，將自己的表現放在後面，只考慮要讓大家都能享受遊戲。他會試著去了解別人有多辛苦。

我覺得這樣很帥。

雖然好像沒人注意到。

只有我注意到嗎？讓我有點自豪。

我好害怕。

回家路上。

我和淺村同學一起走。

夕陽已經西下，即使就走在身旁，也幾乎要看不清楚他的臉了。

我想，他大概也看不見我的臉。

現在非說不可。

對我來說他好耀眼、好帥氣。

所以——

哥哥。

我明確地這麼喊。

心臟狂跳不止。

只要他沒發現我的指尖在顫抖就好。

沒錯。我必須告訴自己——我們是兄妹喔。

但是，如果拉開一段不自然的距離，會傷害到想當個好哥哥的他，所以要保持適當的間距。

回到家之後，我們在起居室吃晚飯。

看見淺村同學吃得津津有味，感覺能明白為什麼媽媽總是想做飯給我吃了。

喝淺村同學幫我熱的牛奶時，我的臉上是不是也掛著這種表情呢？

不過，這終究是身為義妹的幸福——我告訴自己。

為了不讓他看出這份感情，我小心翼翼地挑選用詞。

「要再來一碗味噌湯嗎？」

淺村同學的回應。

「不用了。很好喝……謝謝妳，綾瀨同學。」

我感受到他的目光，心裡暗叫不妙。

不是指味噌湯的味道。

或許是我自作多情。或許只是單純的願望、可悲的妄想。

可是我總覺得，在淺村同學眼裡看到了某種以異性為對象的感情。

……對不起，淺村同學。這多半只是反映了我的心境，你明明不是會犯下這種錯誤的人。

不過，如果。

淺村同學喜歡上我，並且表露他的心意，我又會怎麼樣呢？

我能做出正確的選擇，拒絕這份心意嗎？

我好怕。

如果只有我一個人出問題，我還能將這股鬱悶藏起來，永遠視而不見。

可是，如果他踏出那一步，想必我無法承受。我會徹底崩潰。

隔天，枕邊的鬧鐘發出小小的電子聲響。

起床的時間。

媽媽和繼父都在起居室。

他們今天似乎休假。說是一家四口悠閒團聚的機會。

媽媽說這句話時的笑容，是我到目前為止所看過最幸福的笑容。

太好了。看起來她不會再像當年那樣痛苦。過去辛酸那麼久，希望她今後能得到足以彌補的幸福。

所以。

我——要封印自己的心意。

我不想破壞媽媽和繼父的幸福。不想讓淺村同學困擾。

上天啊，請別讓這份感情曝光。

剪頭髮吧。

決定之後，我立刻實行。

讀賣栞小姐——像她那樣的亮麗長髮，就是一種女人味的象徵，想必也是吸引淺村同學的因素之一。

我知道，光是這樣無法解決任何問題。但為了盡可能排除破壞關係的可能性，我必須去做每一件自己做得到的事。

真是的，令人傻眼。

那麼否定女人味、男子氣概之類的刻板印象，結果受影響最深的竟是我自己，實在諷刺。

剪完頭髮，回到家裡。

我從抽屜裡拿出日記，回顧到目前為止所寫的部分。

於是我發現，自己寫日記時比原先想像的還要誠實。

每一字每一句。

都是如此——

誠實地將自己受他吸引的感情寫在裡頭。

可是，這一星期的紀錄，不會以文章形式留存。

沒錯，這星期的日記，只會留在我腦中。

為什麼……？很簡單。

因為再怎麼樣都不能讓淺村同學看到這些。

我有注意到自己寫日記的危險性。要是寫成文章留下，難保不會出什麼差錯讓他看到。

處理掉吧。然後，再也不要把自己的感情寫下來。回顧往事只在腦中。

身為一個同齡女生的感情，非藏起來不可。我該過的生活，不是以一個女孩子的身分和他相處，再怎麼樣都該以妹妹——義妹的立場和他相處。

這段義妹生活，再也不需要日記。

後記

感謝您購買小說版《義妹生活》第三集。我是YouTube版原作者&小說版作者三河ごーすと。本回是很重要的一集，試圖與對方維持適當距離的淺村悠太與綾瀨沙季，內心想法有了重大轉變。雖然事先讀過的責編與動畫版工作人員們都掛保證說是「神回！」不過實際如何呢？如果各位讀者也給予相同的評價，便是我無上的喜悅。

好啦，讀完本篇的讀者應該已經明白，本回揭露了「義妹生活」這個標題蘊含的另一個意義。故事將從這裡開始，切換到下一個階段。當然，一天一天仔細地描寫兩人生活這個概念維持不變，但是他們的關係已經無法維持原狀……本篇最後的一句話，暗示了這點。

那些若無其事登場的陌生角色，也會和今後的發展扯上關係，至於會如何交織還請期待。希望各位能繼續守望兩人關係的去向。

以下是謝辭。

插畫Hiten老師，謝謝你總是提供精美插圖。你用最棒的形式呈現作中場景，實在令我感激到了極點。這一次我特別喜歡封面，在夜晚的道路上，兩人一邊談話一邊漫步的模樣，挑起了某種不可思議的鄉愁。當然，我的記憶裡不可能有這種青春景色，但是看見這張圖的瞬間，大腦就捏造了不可能存在的記憶。這張圖也符合作中對應的場景，我覺得它是最棒的一張。今後也請多多指教。

飾演綾瀨沙季的中島由貴小姐、飾演淺村悠太的天﨑滉平先生、飾演奈良坂真綾的鈴木愛唯小姐、飾演丸友和的濱野大輝先生、飾演讀賣栞的鈴木みのり小姐，謝謝你們總是展現精湛的演技。多虧有你們賦予影片版的他們生命，讓我在執筆小說時，能夠將人物的模樣描繪得更為鮮明。

還有包含影片導演落合祐輔先生在內的諸位YouTube版工作人員，參與本著作的所有關係人士。感謝你們一直以來的協助。多虧你們，讓「義妹生活」逐漸成長為受到眾多讀者、觀眾支持的大型企畫。一切都是每位相關人員將工作做到最完美的結果。真的很感謝你們。

最後。果然無論如何，都還是要感謝各位讀者&各位影片觀眾。真的很感謝你們的鼓勵、支持。今後「義妹生活」也會努力讓大家覺得有支持的價值，還請繼續指教——

以上，我是三河ごーすと。

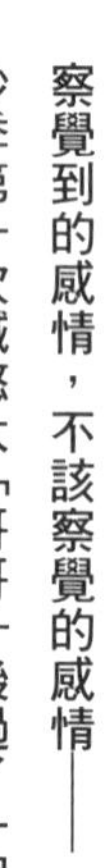

察覺到的感情，不該察覺的感情——
沙季第一次喊悠太「哥哥」後過了一個月。

緩慢地

兄妹關係看似有所進展的兩人，
卻因為心意暗藏，
讓這段關係顯得有些不自然。
又是埋首用功，又是追求新的邂逅。
悠太努力要忘記自己的戀愛感情。

改變

三方面談、
入學體驗活動、男女混合的讀書會。
種種活動造訪，
悠太與沙季各自有了新的邂逅。

預定發售！

「因為身邊的異性
偶然地只有一個，所以喜歡上對方。
你敢肯定不是這樣嗎？」

描繪真實
「兄妹關係」的

即使交友圈擴張，心意仍舊不會改變嗎？
這個壞心眼的質疑，
讓兩人再次面對自己的感情。

未來與現在，常識與非常識。
場面話與真心話，
自己的幸福與家人的幸福。
究竟該優先什麼、該克制什麼，才是正解？

在煩惱與邂逅的盡頭，
悠太與沙季做出某個「決定」——

戀愛生活小說
第4集。

《義妹生活》第四集

豬肝記得煮熟再吃 1~5 待續

作者：逆井卓馬　插畫：遠坂あさぎ

「請看，豬先生！我的胸部變大了……！」
真傷腦筋，看來這次的事件似乎也不簡單？

總算察覺自己心意的我，想偕潔絲踏上沒有終點的旅程，因此必須奪回被占據的王朝。諾特率領的解放軍、王子修拉維斯、三名美少女與來自異世界的三隻豬，為尋求王牌而造訪北方島嶼，希望能前往反面空間——深世界。據說所有願望在那裡都會具現化……

各 **NT$200~250/HK$67~83**

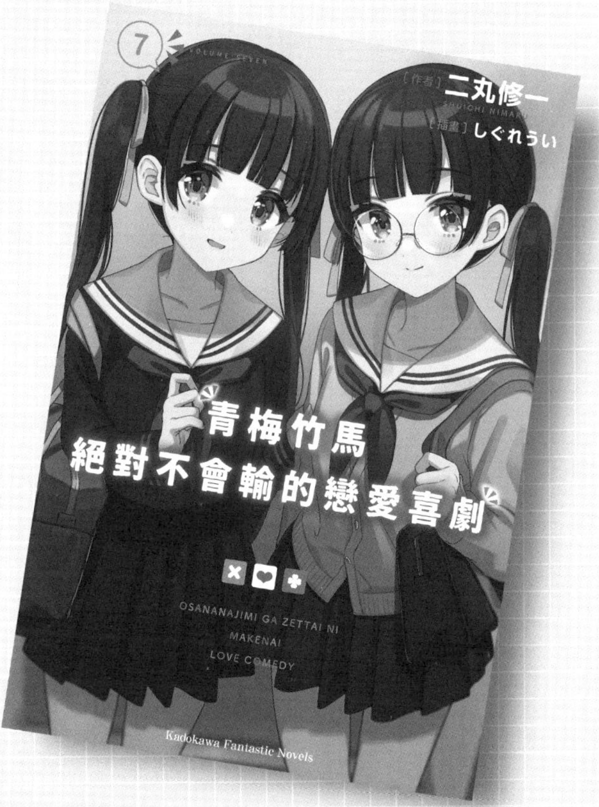

你喜歡的不是女兒而是我!? 1~4 待續

作者：望公太　插畫：ぎうにう

兩人的關係即將往前邁進一步。
一個艱難的抉擇卻又出現在他們面前——

遲遲沒回覆告白的我，終於不再猶豫了。一察覺自己的心意，我就在如火山爆發的情感之下吻了他。面對突如其來的吻，他雖然一臉驚訝，但是不用擔心，因為我倆之間早已無須言語。這下我和阿巧就是男女朋友了！結果這麼想的只有我一個……？

各 **NT$220/HK$73**

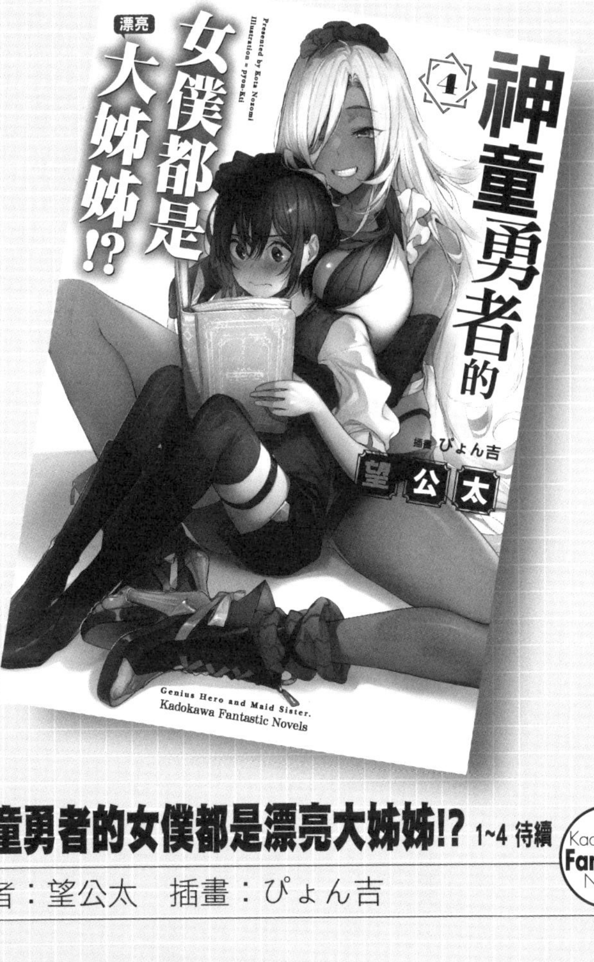

神童勇者的女僕都是漂亮大姊姊!? 1~4 待續

作者：望公太　插畫：ぴょん吉

值得記念的第一屆
「挑選主人的服飾大賽」開始嘍！

席恩偶然獲得未知的聖劍，宅邸內卻因牌局和Ａ書騷動，依舊鬧得不可開交。在女僕們「挑選最適合席恩的服飾大賽」結束後，一行人出發調查某個溫泉，並受託解決溫泉觀光地化面臨的問題，沒想到那裡竟是強悍魔獸的住處……令人會心一笑的第四彈！

各 **NT$200/HK$67**

國家圖書館出版品預行編目資料

義妹生活 / 三河ごーすと作；Seeker 譯. -- 初版. -- 臺北市：臺灣角川股份有限公司, 2022.09-
冊； 公分. -- (Kadokawa fantastic novels)
譯自：義妹生活
ISBN 978-626-321-786-7(第 3 冊：平裝)
861.57 111011184

Kadokawa
Fantastic
Novels

義妹生活 3

（原著名：義妹生活 3）

2022年9月13日　初版第1刷發行
2024年8月27日　初版第5刷發行

作　　者：三河ごーすと
插　　畫：Hiten
譯　　者：Seeker

發 行 人：台灣角川股份有限公司
總　　監：呂慧君
總 編 輯：蔡佩芬
主　　編：林秀儒
編　　輯：邱瓈萱
設計指導：陳晞叡
美術設計：李思穎
印　　務：李明修（主任）、張加恩（主任）、張凱棋、潘尚琪

發 行 所：台灣角川股份有限公司
地　　址：104台北市中山區松江路223號3樓
電　　話：（02）2515-3000
傳　　真：（02）2515-0033
網　　址：www.kadokawa.com.tw
劃撥帳戶：台灣角川股份有限公司
劃撥帳號：19487412
法律顧問：有澤法律事務所
製　　版：巨茂科技印刷有限公司
ＩＳＢＮ：978-626-321-786-7